엄마의
정원

엄마의
정원

초판 1쇄 인쇄 · 2023년 2월 1일
초판 1쇄 발행 · 2023년 2월 10일

지은이 · 배명희
펴낸이 · 한봉숙
펴낸곳 · 푸른사상사

주간 · 맹문재 | 편집 · 지순이 | 교정 · 김수란, 노현정 | 마케팅 · 한정규
등록 · 1999년 7월 8일 제2－2876호
주소 · 경기도 파주시 회동길 337-16 푸른사상사
대표전화 · 031) 955－9111(2) | 팩시밀리 · 031) 955－9114
이메일 · prun21c@hanmail.net
홈페이지 · http://www.prun21c.com

ISBN 979-11-308-2013-2 03810
값 17,000원

이 도서는 2021년도 한국문화예술위원회 아르코문학창작기금 지원사업에
선정되어 발간되었습니다.

44
푸른사상
소설선

엄마의 정원

배명희 소설집

작가의 말

무엇보다도 함께 소설을 공부해온 문우들께 감사를 드린다. 앞날이 암울하거나 재능을 의심받을 때마다 그들이 힘이 되었다.

이 책에 실린 소설 속 사람들은 외롭다. 가난해서, 친구나 사랑이 부재해, 혹은 비가 내리거나 세상이 두려워.

인간이 안전하고, 행복하기 위해 스스로 걸어 들어간 제도. 가정, 사회, 그리고 강철로 만든 견고한 담장 안. 경계로 내몰린 사람들은 어쩔 수 없이 불안하다.

고독과 달리 외로움은 위안을 받는 게 가능하다.

하지만 무엇이 그들을, 우리를 위로할 수 있는지 사실 모르겠다.

사람은 원래 외로운 존재이고, 타인의 도움은 그다지 도움이 되지 않는다는 말은 너무 쓸쓸하다.

삶이 그런 것이라 해도, 생명은 능동적이다.

약자에게 자꾸 가혹해지는 세상에서 소설이 할 수 있는 일이 무엇일까.

사람마다 능력과 역량이 다르니, 내가 할 수 있는 일을 할 수밖에 없다고 생각한다. 약자인 우리 모두 서로를 위로하고, 공감하는 것. 그것이 우선 내가 할 수 있는 일일 것이다.

위로가 될지 잘 모르겠다. 그저 할 수 있는 일이 그것뿐이다.

그동안 쓴 글을 세상에 내보내니, 어쩐지 쓸쓸해진다. 이 산이 아닌가? 하고 다른 산을 올랐다는 장군처럼, 좀 더 즐겁고 행복하게 말하는 방법을 찾아야 하는 것일까, 싶다.

세상이 쉽게 변하지 않는 것처럼 사람 또한 쉬이 바뀌지 않는다. 깨진 사금파리가 칼날이 되는 법. 무딘 날로는 아무것도 베지 못할 것이다. 나의 어딘가를 날카롭게 벼려야 할지 찾아봐야겠다. 그것이 부디 오래 걸리지 않기를 바랄 뿐이다.

두 번째 소설집이 나오기까지 묵묵히 나를 도와준 남편과 친구처럼 다정한, 나를 웃게 만드는 두 딸에게 고마움을 전한다.

이 책이 나오기까지 수고하신 모든 분께, 진정으로, 깊이, 감사를 드린다.

2023년 1월에
배명희

차례

광장

광장

나뭇가지에 연분홍 꽃이 촘촘히 달려 있다. 작은 봉오리 하나 남기지 않고 활짝 피었다. 만개한 꽃이 구름처럼 가지마다 걸려 있다. 작은 꽃잎은 저마다 반짝였다. 천지에 꽃이 가득한데 내일은 비가 내린다고 했다. 만개한 꽃은 실처럼 가는 봄비에도 흔들렸다. 부는 듯 마는 듯 여린 바람에 꽃잎은 흩날려 떨어질 것이다.

박씨는 공중화장실을 향해 갔다. 공원 뒷담을 따라 화장실로 향하는 길이 나 있었다. 요즘 들어 아랫도리가 자주 무지근했다. 나이 탓이려니 여기지만 아무래도 병원에 한 번 가야 하지 않을까 싶었다. 그런 생각을 한 지가 벌써 몇 달째였다. 의사는 말간 표정으로 괜찮다고 할 것이다. 가벼운 운동을 하고 짜고 매운 음식은 피하고 물을 자주 마시라고 하며 이것저것 박씨가 지키지도 못할 요구를 할 게 뻔했다. 그런 쓸데없는 말을 듣는 데도 몇천 원이 들었다. 박씨는 자신도 모르게 미간에 주름을 만들었다.

꽃나무 아래 기다란 의자에는 노인들이 서넛씩 모여 있었다. 대개는 장기나 바둑을 두고 있었지만 더러는 화투를 펼쳐놓은 치들도 있었다. 판 옆에는 동전과 지폐가 가지런히 놓여 있었지만 전부 합쳐봐야 몇천 원을 넘지 않았다.

집회가 있는 날은 점심을 주기 때문에 일찍부터 노인들이 모여들었다. 점심이라고 해봐야 컵라면에 김치뿐이지만 노인들에게는 한 끼 식사 이상의 의미가 있었다. 라면 용기에 젓가락을 넣는 순간에는 모든 구별이 사라졌다. 그가 누구인지 무엇을 했는지 부자인지 가난뱅이인지 상관없었다. 모든 것은 뜨거운 국물 속에 녹아들어 아무것도 아닌 것이 되어버렸다. 심장에 차곡차곡 쌓인 소외감과 불만이 더운 국물을 삼키는 동안 희미해졌다. 누군가 부드럽게 등을 쓸어주는 것처럼 편안해지는 거였다. 이곳에 오는 이유는 어쩌면 한 그릇의 뜨거운 국물 때문인지도 몰랐다. 박씨는 다른 날과 달리 오늘은 일찍부터 속이 헛헛했다.

라면을 먹기 전에는 노인연합 사무실에서 강연이 있었다. 강사는 세상 돌아가는 이야기를 알기 쉽게 정리해주었다. 대부분 정치나 경제에 관한 것이었지만 건강에 대한 상식을 말해줄 때 가장 솔깃해졌다. 반쯤 졸면서 강사의 이야기를 듣다 보면 시간은 금방 지나갔다. 오늘은 무엇을 강연한다고 했더라? 박씨는 가물거리는 기억을 더듬었다. 무슨 상관인가? 어딘가 갈 수 있다는 것, 이 나이에 무엇인가를 할 수 있다는 것이 중요하다고 생각했다.

강연이 끝나고 점심을 먹고 나면 광장 집회에 참석하는 게 정해진 순서였다. 광장 집회는 자신이 사회와 연결되어 있는 유일한 통로였다. 박씨는 빠지지 않고 집회에 참석했다. 갈 곳이 있다는 것, 해야 할 일이 있다는 것에 만족했다. 문제는 화장실이었다. 요즘 들어 전립선이 더 커졌는지 소변을 보는 게 불편했다. 광장에는 많은 사람이 한꺼번에 몰리기 때문에 화장실을 다니기가 여간 괴롭지 않았다.

금방이라도 쌀 것처럼 급하다가도 정작 소변기 앞에 서 있으면 좀처럼 오줌이 나오지 않았다. 박씨는 힘없이 늘어진 물건을 서너 번 털었다. 손가락에 오줌 방울이 튀었다. 바지 지퍼를 올리며 돌아서다가 변가의 뒤통수를 발견했다. 손에 묻은 오줌은 이미 바지춤에 닦은 뒤지만 박씨는 헛기침을 하며 변가 옆으로 갔다. 변가는 바지 주머니에서 손수건을 꺼내 꼼꼼히 손을 닦았다. 박씨는 수도꼭지를 비틀었다. 꽃 피는 봄이건만 수돗물은 차가웠다.

"상가에 갈 거야?"

박씨의 질문에 변가는 고개를 가로저었다. 자글자글한 주름이 얼굴에 가득하다. 변가는 손을 닦은 후 손수건을 차곡차곡 접어 주머니에 밀어 넣었다. 다림질한 바지가 칼날처럼 줄이 서 있었다. 박씨는 한 번 더 물었다.

"집회에는 갈 거지?"

박씨의 질문에 변가는 아무 말도 하지 않고 몸을 돌렸다. 박씨는 공중변소를 나가는 변가의 뒤통수를 노려보았다. 재수 없는 영감탱이. 입속에서 중얼거리다 문득 머리를 흔들었다. 영감탱이라니 요즘 칠십이면 한창이다. 재수 없는 놈이라고 해야 하지 않을까. 아직은 무슨 일이든 할 수 있는 일이 있을 것이었다. 하지만 일할 곳이 없다. 새파랗게 젊은 것들도 일자리가 없는 판이니 할 수 없지 않은가. 세월 탓이다.

화장실을 나간 변가는 왼쪽으로 몸을 틀었다. 노인연합 사무실로 가려면 오른쪽 길로 가야 했다. 광장으로 가는 지하철을 타려고 해도 오른쪽 문으로 나가는 길이 가까웠다.

변가는 얼마 전부터 집회에 참석하지 않았다. 사람이 변한 것 같았다. 무엇에 홀린 것처럼 몽롱한 눈빛으로 공원을 배회하다 어디론가 사라지곤 했다. 사람이 갑자기 변하면 일이 닥친다는데. 변가는 자잘한 꽃들이 안개처럼 피어 있는 나무 사이로 걸어갔다. 김씨가 세상을 떠난 마당에 변가까지 어떻게 된다면. 생각만 해도 박씨는 마음이 스산해졌다. 박씨는 꽃 그림자를 떨구고 있는 나무 아래에 서서 잠시 하늘을 보았다. 화사한 햇빛에 눈이 부셨다. 박씨는 변가가 멀어지기 전에 따라잡으려고 걸음을 옮겼다. 다행히 변가는 담 모퉁이를 돌기 전에 장기를 두고 있는 사람들에게 잡혀 있었다.

"김씨네 안 갈 거여?"

모자를 쓴 이가 장기판에서 눈을 떼지도 않고 말했다. 박씨는 변가의 표정을 살폈다. 변가는 팔뚝을 들어 손목시계를 보았다.

"내일이 발인이라는데 갈려면 오늘 가야 할 거여."

베이지색 봄 점퍼를 입은 이가 혼잣말하듯 중얼거렸다. 장기판에 시선을 둔 채 독백하듯 말을 했다.

"자네들이 문상 가면 부조나 쪼깨 전할까 하고 말이여."

변가는 대답은 하지 않고 초조한 듯 고개를 빼 시선을 먼 곳으로 보냈다.

"김씨한테 신세를 많이 졌어. 늙은이가 문상 다니기는 그렇고 사람 구실은 해야 할 것 같아서 말이야."

베이지색 봄 점퍼는 장기를 두던 손을 멈추고 얼굴을 들어 박씨와 변가를 번갈아 쳐다보았다.

"대형 마트인지 창고형 할인 매장인지가 골목까지 밀고 들어올 줄 누가 알았겠어?"

김씨는 아들이 운영하던 골목 슈퍼마켓이 부도가 난 후 쓰러졌다. 파산한 아들 탓인지 나이 탓인지는 알 수 없었다. 김씨에게는 아들이 몰락한 사실이 더 큰 충격이었을 거라고 박씨는 생각했다. 김씨는 출출할 때면 어김없이 새우깡과 막걸리를 사 들고 나타나곤 했다. 바로 이 자리에서 박씨는 김씨와 변가와 셋이서 자주 모여 앉아 시간을 보냈다. 겨울에는 종일 햇볕이 드는 양지인 데다 여름에는 무성한 나무 그늘이 드리워져 공원에서 명당이라 일컫는 곳이다. 김씨가 더는 공원에 오지 않자 박씨와 변가는 오래된 느티나무가 서 있는 명당에서 밀려났다. 그동안 김씨가 박씨와 변가의 느티나무였다. 공원 역시 돈의 힘이 작용하는 작은 세계였다.

공원 주변에는 비싸지 않은 식당들이 많았다. 김씨는 이따금 그런 식당에서 점심을 사기도 했다. 김씨의 형편에는 크게 부담이 가지 않는 수준의 지출이었다. 어느 사이에 김씨가 술값과 밥값을 내는 것이 당연한 일이 되어 있었다. 박씨와 변가는 차츰 김씨에게 크게 고맙거나 미안해하지 않게 되었다.

그런데 언제부터인가 김씨는 십 원짜리 한 장 쓰지 않았다. 뿐만 아니라 지난여름에 접어들면서는 별것 아닌 일에 김씨는 버럭 화를 내기도 했다. 변가는 김씨가 노망이 났다고 치부해버렸다. 하지만 김씨를 맏형처럼 의지하고 따르던 박씨는 갑자기 변한 김씨가 몹시 서운했다. 늘 얻어먹다 보니 이제 무시를 당한다고 하는 자격지심까지 생겼다. 소심한 박씨는 김씨의 눈치를 살피며 데면데면하게 굴었다. 김씨가 나타나면 박씨는 슬쩍 옆길로 들어가곤 했다. 그러면서도 김씨가 자신을 불러주길 기다렸지만 김씨는 못 본 척 지나가버렸다. 천 원짜리 두어 장만 있어도 박씨는 김씨를 불러 세웠을지도 모르겠다. 하지만 단돈 천 원도 손에 들어오지 않는 날이 허다했다. 속마음과 달리 박씨는 김씨와 점점 소원해졌다. 그러다 어느 날부터 김씨는 공원에 발길을 끊어버렸다. 김씨가 사라지자 셋이서 모이던 명당의 벤치는 다른 사람들이 차지해버렸다.

모자는 손안에서 장기알을 굴리며 중얼거렸다.

"쪼까 아까운 나이야. 몇 년은 더 살아야 하는데."

박씨는 주머니에 손을 넣었다. 빈 곳간처럼 헐렁했다. 천 원짜리 한 장 없었다. 변가에게 묻어 문상 간다면 그나마 빈손이 덜 부끄러울 것 같았다. 변가는 얼마라도 조의금을 낼 것이다. 그림자처럼 변가에게 붙어 있으면 다른 사람의 눈치를 살피지 않고 마지막으로 김씨의 영정이나마 실컷 볼 수 있을 거로 생각했다. 그동안 문병 한 번 가지 않은 자신의 옹졸한 처사가 한심스러웠다. 영정에게라도 자신을 용서하라고 말하고 싶었다. 그래야 마음이 편할 것 같았다. 김씨의 마지막 길에 노잣돈 만 원도 보태지 못하는 처지라니. 김씨를 모욕하는 것 같아 혼자서는 도저히 발이 옮겨지지 않았다. 박씨는 헐렁한 주머니 속에서 손가락을 꼼지락거렸다. 변가에게 2만 원만, 아니 만 원이라도 빌려달라고 할까. 하지만 좀처럼 입이 떨어지지 않았다.

박씨는 부드러운 봄볕 속에 서 있었다. 오래된 스웨터의 빛바랜 색깔이 환한 빛 속에서 움츠러들었다. 박씨는 실오라기가 풀려 나달거리는 스웨터의 소매 끝을 재빨리 접어 안으로 밀어 넣었다. 무릎이 튀어나온 바지가 오늘따라 자꾸 흘러내렸다. 박씨는 허리춤을 잡아 바지를 당겨 올렸다. 돈을 빌린다 해도 언제 갚을지 기약할 수 없었다. 변가의 형편도 어떨지 가늠할 수 없었다. 변가도 박씨처럼 돈이 생길 곳이 없기는 매한가지였다. 손을 내밀 곳은 마른 수건 짜듯 사는 어려운 자식뿐이었다. 박씨는 남몰래 한숨을 내쉬었다. 가난만 대물림해 준 주제에 무슨 낯짝으로 자식에게 손을 내밀겠는가. 좁은 우리에 갇힌 짐승처럼 숨이 막혔다.

박씨는 공원의 시계탑을 쳐다보았다. 집회까지는 아직 시간이 남아 있었다. 공원 밖에 있는 노인연합 사무실에서 강연을 듣고 컵라면을 먹은 후 느긋하게 광장으로 가도 시간은 충분했다. 무료한 사람들은 둘씩 셋씩 무리를 짓거나, 홀로 공원을 나가고 있었다. 겨울 동안 다소 뜸했던 광장 집회가 다시 활발하게 열리고 있었다.

박씨가 머뭇거리는 사이에 변가는 저만치 가고 있었다. 박씨는 부리나케 변가의 뒤를 좇았다. 허술한 옷에 구멍이 생긴 것처럼 몸 안으로 바람이 드나들었다. 구름 위를 걷는 것처럼 박씨의 다리가 휘청거렸다. 공원 후문으로 향하는 가느다란 길 위로 유릿가루처럼 자잘한 햇빛이 쏟아졌다. 변가는 후문으로 이어지는 모퉁이로 꺾어 들었다.

변가도 김씨처럼 되지 말라는 법은 없었다. 모두 그럴 나이였다. 빠지지 않고 참석하던 광장 집회에 변가가 나타나지 않는 것부터가 이상한 조짐이었다. 변가와 마주 앉아 이야기를 나눈 것이 언제였나 짚어보았다. 변가에게 변고가 생긴 걸까. 슬며시 공원에 나타났다가 소리 없이 가버리는 이유가 무엇인지 박씨는 짐작이 가지 않았다.

후문으로 이어지는 담벼락에는 먹으로 그린 것 같은 꽃 그림자가 짙었다. 꽃을 가득 매단 나뭇가지 사이로 투명한 햇살이 통과하여 바닥에 부딪혀 튀어 올랐다. 눈이 부셔 박씨는 반쯤 감은 눈으로 둘러보았다. 분홍 꽃이 만발한 나무 사이로 언뜻 날 선 변가의 바지가 어른거렸다.

박씨는 변가와 마지막으로 함께 갔던 집회를 떠올렸다.

광장에 부는 바람 끝이 날카롭던 날이었다. 박씨는 점퍼에 붙은 모자를 끌어올려 머리를 감쌌다. 마스크로 얼굴을 가리고 장갑을 끼고 있는데도 한기가 들었다. 집회에 참석한 사람들이 대부분 두툼한 겨울 외투를 입고 있어서인지 시위 인원은 실제보다 사람이 많아 보였다. 노인연합 시위대 옆에는 늘 그렇듯 이모부대가 자리 잡고 있었다. 이모라는 말이 아줌마나 엄마보다는 젊게 느껴진다고 해서 붙인 명칭이라고 했다. 50여 명쯤 되는 이모부대의 면면은 늙은 엄마나 할머니 쪽에 훨씬 가까웠다. 여자들이란 젊어 보이기 위해서라면 무엇이든 할 수 있는 존재인 모양이었다. 변가는 박씨의 귀에 입을 갖다 대고 할망구도 여자인지라 분위기는 좋다며 벙글거렸다. 이모부대의 울긋불긋한 옷 색깔이 삭막한 겨울바람을 맞고 있는 광장을 다소나마 생기 있게 만들고 있는 것은 사실이었다. 역시 여자가 있어야 해. 그날따라 변가는 기분이 좋은지 수다를 떨며 연방 싱글거렸다.

어쩌면 집회가 끝난 후에 나눠준다는 식권 때문에 들떴을 수도 있었다. 날씨가 추운 탓에 특별히 갈비탕이나 설렁탕 식권을 나눠준다는 소문이 돌았다. 기대에 찬 노인들은 추운 날씨에도 아랑곳하지 않고 자리를 지켰다. 박씨는 주머니에 손을 깊이 찌르고 변가 옆에 바짝 붙어 있었다.

노인들은 구호를 외치며 천천히 광장을 한 바퀴 돌았다. 초반에 집회 분위기를 띄우기 위한 수단 중 하나였다. 광장의 중앙에 다다르자 지정된 자리에 플라스틱 의자가 줄을 맞춰 가지런히 놓여 있었다. 자리를 잡고 앉자 대형 스피커에서 신바람 나는 음악과 어깨가 저절로 들썩대는 군가가 나오기 시작했다. 음악이 중단되는 사이에는 선창의 구호가 있었다. 선창을 따라 몇 번 소리치다 보면 차가운 날씨에도 몸 속의 피는 쉭쉭 소리를 내며 돌곤 했다. 시위대의 함성과 대기를 뒤흔드는 커다란 노래에 섞여 들면 무당이 공수받고 펄쩍펄쩍 뛰고 넘는 것처럼 몸과 마음이 가벼워졌다. 그때만큼은 며느리가 집을 나간 사실을, 대리운전을 나간 아들이 새벽녘 길바닥에서 서성이는 것을, 손주 녀석이 강의실 대신 편의점에서 유통기한이 지난 삼각김밥을 씹으며 계산대에 앉아 있다는 것을 깡그리 잊었다. 칠십을 넘긴 자신에게 밥상 한 번 차려줄 사람이 없다는 게 그 순간만큼은 아무렇지도 않았다. 잠이 오지 않아 어둠 속에서 뒤척일 때의 외로움은 점차 희미해지고, 어두운 새벽 무거운 허리를 들고 자리에서 일어날 때의 암담함이 사라졌다. 나이 같은 것은 개나 물어 가라지. 터무니없이 자신감이 솟아 눈앞의 거치적거리는 모든 것을 부숴버릴 수 있을 것 같았다. 표현할 길 없는 울분을 심장에서 꺼내 바닥에 내동댕이치고 싶었다. 화려한 도시 어느 구석에서 짐승처럼 소리 지르고 여윈 주먹을 휘두르며 날뛸 수 있겠는가. 이곳, 광장이야말로 해방구였다. 늙은 손아귀에서 가난이 바스러졌고 외마디 절규에 몸뚱이를 짓누르던 고통이 날아가 버렸다.

강사는 집회에 참석하는 것이 바로 국가와 민족을 위해 봉사하는 일이라고 강조했다. 그렇다면 당연히 노인들이 나서야 한다고 박씨는 생각했다. 젊은이들은 먹고사는 일만으로도 숨이 목 밑까지 차올랐다. 손주 녀석만 해도 그랬다. 밤낮으로 일해도 한 학기 등록금도 되지 않았다. 나랏일에 신경을 쓸 여유가 없었다.

경제가 나빠지는 것은 사사건건 나랏일에 반대하는 사람들 때문이라고 강사는 말했다. 이럴수록 정부를 응원해야 한다고 강조했다. 박씨는 고개를 끄덕였다. 잘살려면 허리띠를 졸라매야 한다. 흥청망청 써버리면 거지 꼴 되기에 십상이다. 애들에게 밥을 공짜로 먹이는 것, 그 돈이 어디서 나오겠는가. 돈이란 물과 같아 단단히 가두지 않으면 손가락 사이로 술술 빠져나간다. 나라에 돈이 쌓이면 노인들에게 연금도 주고 애들 밥도 당연히 공짜로 줄 것이다. 강사는 목에 힘줄이 불거지도록 외치고 또 외쳤다. 몇몇 영감들은 나라에 돈이 없는 게 아니라, 줄 마음이 없는 거라고 삿대질을 했다. 노인 기초연금을 준다고 철석같이 약속해 대선 때 표를 주었더니 그 돈 20만 원도 주지 않는 정부가 무슨 소용이 있냐며 항의하다가 직원들에게 끌려 나갔다. 그래봐야 그들만 손해였다. 컵라면 하나라도 가끔 손에 쥐는 몇 푼의 돈이라도 그곳에 있어야 챙길 수 있었다. 세상에 공짜는 없었다.

박씨는 선창의 구호를 따라 외쳤다. 노인들이 내지르는 공허한 악다구니에 청명한 하늘이 비틀거렸다. 변가는 목을 길게 빼고 이모부대 쪽을 흘금거렸다. 박씨는 변가가 마음에 드는 할망구라도 발견한 줄 알았다. 그런데 변가의 표정이 어두워지더니 입을 꽉 다물었다. 주름 가득한 변가의 얼굴이 차츰 우그러졌다. 박씨는 변가의 옆구리를 쿡쿡 찔렀다.

"죽은 마누라 생일이야? 왜 그래?"

박씨는 변가의 시선이 향한 곳으로 무심코 고개를 돌렸다. 옆으로 나란히 앉아 있어서 잘 보이지 않던 현수막이 박씨의 눈앞으로 뛰어들었다. 3미터는 족히 넘는 기다란 현수막이 이모부대의 대열 앞에 가로로 걸려 있었다. '놀러 가다 죽은 것도 세금으로 배상하나?'라는 굵은 글귀가 쓰여 있었다. 현수막은 이모부대뿐 아니라 노인연합의 시위대열 앞과 뒤에도 울타리처럼 쳐져 있었다. 가로 세로가 서너 뼘 크기의 손피켓이 머리 위에서 우쭐거렸다. '교통 사고 당한 것을 왜 국가가 배상하나?' 등의 글이었다. 붉은 피켓 수십 개가 알지 못하는 사이 머리 위에 만장처럼 솟아 있었다.

사월에 제주도로 향하던 배가 진도 앞 바다에서 침몰했다. 수학여행을 가던 고등학생과 여행객 수백 명이 침몰하는 배에서 나오지 못하고 바다에 빠져 목숨을 잃은 사고였다. 사고 당일 3백 명이 넘는 사람들이 차가운 물 속으로 가라앉았다. 박씨는 며칠 동안 텔레비전 앞에 앉아 연신 혀를 차며 애를 태웠다. 주변에 떠 있는 큰 배나 군함, 헬리콥터 같은 것들이 왜 그들을 구조하지 않는지 안타까웠다.

수학여행 가던 고등학교 2학년, 봄처럼 고운 수백 명 아이가 이해할 수 없는 상황 속에서 죽어갔다. 바다에 뛰어내리라는 방송만 했어도 아이들을 살릴 수 있었다는 소문이 돌았다. 죽은 아이들의 부모는 단 한 명도 살아 돌아오지 못한 이유를 밝혀달라고 시위 중이었다. 눈앞에서 자식이 죽어가는 것을 지켜본 부모들이었다.

박씨는 현수막을 보고 얼굴이 굳어졌다. 귓가에서 왕왕거리는 구호가 그제야 귀에 들어왔다. 방금까지 자기 입에서 터져 나온 말이었다. '고마해라 지겹다' 경상도 사투리의 억양까지 흉내 내어 박씨는 생각 없이 선창을 따라 팔까지 들어 올렸다. 박씨는 위로 치켜든 수많은 팔을 보았다. 노인들이 뱉은 말은 비수가 되어 죽은 아이들의 부모를 향해 날아갔다. 변가의 고개가 점점 수그러들었다.

지겹다는 것은 당최 말이 안 되는 소리였다. 자식과 가족이 어떻게 죽어갔는지 알고 싶은 것은 당연한 일이었다. 배를 탈출해 바다에만 뛰어들었어도 다 살릴 수 있었다고 하지 않는가. 당시에 침몰하는 배 주변에는 어선과 많은 배가 있었다고 했다. 어선을 타고 침몰하는 배 주변에 있던 어부들은 애가 타서 발을 동동 굴렀다고 했다. 구명조끼를 입고 있었으니까 바다에 뛰어내리기만 하면 건져줄 터인데 어째 아무도 나오지 않는지 의아해하면서 말이다. 유가족들은 왜 아이들에게 배 안에 가만히 있으라고 수십 번 방송했는지 이유나 알자고 절규했다. 이모부대와 노인연합 측에서는 고성능 스피커의 볼륨을 한껏 올려 부모들의 소리를 덮어버렸다. 죽은 아이들의 그 어떤 흔적도 광장 밖으로 새나가지 않도록 현수막으로 울타리를 쳤다. 구호 선창자는 죽은 아이들의 부모가 시위를 중단하는 것이 경제를 살리는 길이라고 눈을 부릅뜨고 외쳤다. 늙은 남자와 여자들은 자신들의 어깨에 국가가 매달린 것처럼 굴었다. 박씨는 머리 위로 쳐들었던 팔을 슬그머니

내렸다.

아무리 길다고 한들 죽음을 애도하는 일이 지겨울 수 있겠는가. 아내가 죽은 지 10년이 넘었지만 지금도 아내를 떠올리면 박씨는 가슴이 저렸다. 일찍 병원에 갔더라면 좋았을 텐데, 수술했더라면 좀 더 살지 않았을까, 하는 생각이 뇌리를 떠나지 않았다. 최소한 아내가 죽어갈 때 손이라도 잡고 있었더라면 몸통이 텅 빈 것처럼 허탈하지는 않을 거였다. 돈이 없어 치료 한 번 제대로 받지 못했다. 아내가 좋아하던 수육 한 번 못 사준 것도 여전히 가슴 한가운데 걸렸다. 먹고사는 일이, 바위처럼 무거운 병원비가 박씨의 손과 발을 옭아매어 병구완도 못 하고 병든 아내를 버려둘 수밖에 없었다. 어느 날, 일을 마치고 집에 갔더니 아내는 어둠 속에 누워 있었다. 박씨를 기다렸는지 눈을 감지도 못한 채였다. 박씨는 떨리는 손으로 아내의 얼굴을 쓸어주었다. 제 죽음을 바라보며 홀로 생의 마지막 시간을 견뎠을 아내를 생각하니 눈물도 나지 않았다. 자신에게 스며드는 죽음을 보는 것은 얼마나 무섭고 두려웠을까? 아내를 생각하면 박씨는 마른 껍질처럼 온몸이 버석거렸다. 껍데기만 남은 박씨의 머리로도 이모부대와 노인들이 외쳐대는 구호는 사람이 할 수 있는 말이 아니라고 생각되었다.

가족을 잃은 사람에게 '우리가 지겨우니 이제 너의 애도를 그쳐다오'라고 할 권리는 누구에게도 없었다.

"그만 가자."

변가는 차가운 의자에서 벌떡 몸을 일으켰다. 박씨는 플라스틱 의자에 반쯤 엉덩이를 걸친 채 엉거주춤 일어났다. 광장은 이제 노인들이 내지르는 소리가 만나고 부딪쳐 맴돌면서 짐승처럼 으르렁댔다. 이모부대의 선두에는 검은 안경을 쓴 여자들이 똬리 틀고 앉아 뱀처럼 붉은 입을 활짝 열었다. 기다란 혀가 허공을 감을 때마다 끈적이는 침이 가슴으로 떨어졌다. 변가는 이모부대 쪽을 힐끗 쳐다보더니 고개를 돌려버렸다. 박씨는 다급하게 변가의 팔을 잡았다.

"조금만 있으면 집회 끝나고 식권을 나눠줄 텐데……."

박씨의 말이 끝나기도 전에 변가는 박씨의 손을 거칠게 떨쳐냈다. 박씨가 망설이는 사이 변가는 사람들을 헤치고 열을 빠져나갔다. 박씨는 시위대를 벗어나 멀어지는 변가의 뒷모습을 오래 바라보았다. 변가처럼 떨치고 일어서지 못하는 자신이 부끄러웠다. 이렇게 추운 날, 갈비탕 혹은 설렁탕일지도 모르는 식권을 포기하는 것은 인간의 도리나 의리를 지키는 것보다 어려웠다. 박씨는 물속으로 가라앉듯 천천히 몸을 낮춰 도로 자리에 앉았다. 늘 그랬다. 사는 일은. 의자의 차가운 감촉이 여윈 엉덩이에 고스란히 전해지는 것처럼 견딜 수밖에 없는 것이었다. 트롯풍의 유행가가 세상에서 가장 큰 소리로 귀청을 때렸다. 의자에 걸쳐진 노인들의 다리가 이따금 리듬에 움찔거렸다. 박씨는 자기도 모르게 검버섯이 핀 손으로 의자의 팔걸이를 후려쳤다.

그날 이후 변가는 공원에 오래 머물지 않았다. 공원 구석에서 바둑을 두다가 집회에 가기 위해 노인들이 지하철역으로 몰려가는 시간이 되면 어디론가 가버렸다. 박씨는 빈 광장에 혼자 남겨진 것 같았다. 아내처럼 아무도 모르게 죽어가는 게 아닐까, 겁이 날 때도 있었다. 변가가 오랜 친구인 자기에게 털어놓지 못할 일이 무엇이란 말인가. 박씨는 툴툴대면서 변가를 찾아 공원을 샅샅이 둘러보았다. 하루는 변가를 잡고 대체 무슨 일이 있냐고 물었다. 변가는 우물거리며 박씨의 시선을 피했다.

변가가 광장 집회에 나가지 말라고 하면 그럴 작정이었다. 까짓 데모쯤이야 늙은이 하나 없다고 안 될 것도 없었다. 박씨나 변가 같은 노인은 공원에 차고 넘쳤다. 어디에서도 환영받지 못하는 늙은이도 광장 집회에는 대환영이었다. 컵라면도 주고 그럴싸한 명분도 있었다. 국가와 국민을 위한 집회라는 거창한 이름표를 달았다. 그러나 박씨는 집회보다 변가가 더 중요했다. 소심한 박씨는 새삼 친구를 만들 변죽도 능력도 없었다. 공원에서조차 막걸리라도 살 수 있어야 친구도 생겼다. 김씨가 없는 공원에 박씨가 속마음을 풀어낼 상대는 변가뿐이었다. 온종일 한마디도 하지 못하고 집으로 돌아갈 때가 되면 입 냄새가 풀풀 풍겼다.

변가도 김씨처럼 몹쓸 병에 걸린 것은 아닐까 걱정되었다. 가끔 눈에 띄는 변가의 얼굴빛이 예전보다 나쁘지는 않았다. 옷차림도 그런대로 신경을 쓴 흔적이 보였다. 바지를 다림질할 정도면 걱정할 정도의 일은 생기지 않은 것도 같았다. 박씨는 작은 돌이 촘촘히 박힌 오솔길을 걸으며 나이가 들면 겉으로만 봐서는 알 수 없는 일도 있는 법이라고 생각했다.

박씨는 오늘 변가와 함께 장례식장에 꼭 가고 싶었다. 변가에게 돈을 빌려 조의금을 낼 수 있으면 더할 나위 없이 좋겠다고 생각했다. 김씨의 마지막 길에 몇 푼 노자를 보태야 사람 구실을 할 것 같았다. 변가에게 빌린 돈은 어떻게 갚을지 계산도 없었다. 당분간은 돈이 생길 구멍은 없었지만 일단 빌려 쓰고 나중에 아들에게 부탁해볼 작정이었다. 염치없지만 손주에게 말해볼 생각도 했다. 착한 놈이니 할애비의 부탁을 외면하지는 않을 것이다. 박씨는 평생 가족을 위해 일을 했다. 소박한 밥상이 있었고 아이들도 쑥쑥 컸다. 아내가 아프기 전에는 작은 집이지만 내 집을 가진 적도 있었다. 박씨는 자신의 온 생을 바친 일에서 나온 것들이 이처럼 보잘것없다는 것이 믿어지지 않았다. 강사는 우리가 이만큼 경제를 발전시킨 것은 쿠데타로 정권을 잡은 대통령 덕이라 했다. 그리고 대기업 창업자나 똑똑한 사람 몇 명의 재능과 업적이 오늘처럼 잘사는 나라를 만든 거라고 강조했다. 그럴 때마다 박씨는 어딘가 석연찮은 느낌이 들었다.

언젠가 박씨는 김씨와 변가에게 이 석연찮은 감정에 관해 말을 꺼냈다. 박씨의 말에 변가는

"공장이나 도로, 작은 나사못 하나까지 당신이나 나 같은 사람이 만들었지. 이 두 손으로 말이야."

하며 거친 손을 눈앞에 활짝 펴 보였다. 박씨는 변가의 그런 터무니없는 자신감을 좋아했다.

"대통령이나 잘난 몇 명이 아니라 우리가 열심히 일해서 세상을 이만큼 만든 거라고. 어깨를 쫙 펴고 다녀. 자, 어깨 좀 펴란 말이야."

술이 얼큰해진 변가는 박씨의 어깨에 양손을 얹고 안마하듯 주물렀다. 술 취하면 변가는 김씨에게 아이처럼 아양을 떨었다.

"형, 한 병만 더. 응, 딱, 한 병만……."

평소에 조용한 박씨도 술이 들어가면 말이 많아졌다.

"누구도 우리의 수고를 알아주지 않아. 평생 일을 한 이 손을 따뜻하게 잡아주는 사람은 아무도 없거든. 자식 새끼까지 말이야. 그게 세상이라고."

말문이 트인 박씨가 불평을 하자 김씨는 껄껄 웃었다.

"나는 살아 있다. 왕년의 내가 여기 있단 말이야. 나 아니었으면 너희들은 없었다고. 까불지 말란 말이야. 이렇게 말해. 큰소리를 치라고."

김씨는 술이 선사하는 유쾌한 시간을 좋아했다. 김씨는 멋진 낭만주의자였다. 김씨 덕에 세 사람은 젊은 날의 자신과 만났다. 누가 먼저랄 것도 없이 내가 젊었을 때는 말이야, 오래된 추억을 꺼내 들었고, 희망에 대해 아무런 의심 하지 않던 푸르른 과거로 돌아가곤 했다.

작은 꽃들이 온 힘을 다해 길가에 피어 있었다.

박씨는 변가가 자신을 피하는 이유를 오늘은 반드시 물어볼 작정이었다. 변가는 오솔길을 벗어나 막 후문을 빠져나가는 중이었다. 박씨는 변가를 제지하듯 다급하게 손을 쳐들었다. 손을 흔드는 대신 소리를 질러야 한다고 깨달았을 때 누군가 변가의 앞을 가로막았다.

봄볕처럼 투명한 스카프가 어깨에 놓여 있었다. 붉은 입술이 이슬 맺힌 꽃망울처럼 요염했다. 박씨는 허공으로 치켜든 손을 거두지도 소리 높여 변가를 부르지도 못했다. 줄이 선 바지와 하늘거리는 분홍 레이스의 스카프가 가까워졌다. 스카프는 변가의 팔에 매달리며 활짝 피어나는 꽃처럼 입을 열었다. 연분홍 레이스가 감싸고 있는 얼굴은 어딘가 낯이 익었다. 하늘의 가장 높은 곳에 올라갔다가 기울어지기 시작하는 태양이 머리 위에 멈춰 있었다. 여자의 얼굴이 공기가 차오르는 풍선처럼 차츰 윤곽을 갖췄다. 박씨는 걸음을 멈췄다. 자기도 모르게 목구멍으로 꿀꺽 침이 넘어갔다.

공중변소 근처나 뒷문 후미진 구석, 혹은 공원 바깥 동네로 통하는 좁은 골목 어귀에서 이따금 마주치던 얼굴이었다. 핸드백에서 박카스를 꺼내 건네주며 "놀다 가. 잘해줄게."라며 팔을 슬쩍 건드리던 여자였다. 어쩌면 아닐지도 모른다. 하지만 그런 구별이 무슨 의미가 있을까. 여자이다. 박씨에게 눈웃음을 쳤고 나긋한 목소리에 애교가 스며 있었다. 그것만으로도 박씨는 가슴이 떨렸다. 얼마 만이었던가. 심장이 미세하게 흔들리던 느낌이. 그때 박씨는 마음과 달리 여자가 내미는 박카스를 거칠게 밀쳐버렸다. 여자가 타이르듯 박씨에게 말했다.

"후회하지 않게 해줄게. 같이 가요."

그런 말은 필요 없었다. 여자의 손을 내치는 순간 이미 지독한 후회가 박씨를 엄습했다. 사실은 앞뒤 가리지 않고 여자를 안고 싶었다. 누군가의 엄마이자 할머니인 여자. 곱게 화장한 얼굴 한 꺼풀 아래에는 삶에 지친 깊은 고랑이 새겨진 진짜 얼굴이 있었다. 박씨는 그녀를 따라 작은 방으로 숨어 들고 싶었다. 늙은 여자의 몸뚱이를 안고 이마에서 굵은 땀이 뚝뚝 떨어지도록 몸부림치고 싶었다. 껍질만 남은 몸뚱이라도 상관없었다. 쭈그러진 여자의 젖가슴 사이에 코를 묻고 잠들고 싶었다. 그것도 불가능하면 따스한 손이라도 잡고 싶었다. 여자와 잔 후 병 걸렸다는 소문을 들으면 되레 소문 속의 영감탱이가 부러웠다.

단속이 뜨면 박카스를 내밀던 여자들은 일제히 사라졌다. 그런 날 공원은 비바람에 꽃이 떨어진 빈 가지처럼 쓸쓸했다. 늙은 여자는 자식 같은 단속원에게 잡혀가면서, 한 번만 봐줘. 다시는 안 그럴게. 내 손에 크는 손주 새끼들이 자그마치 셋이야. 라고 애원했다. 어린것들만 남겨두고 죽었거나 멀리 떠나버린 자식이 겹치는 처연한 얼굴이었다. 늙은 여자의 옷자락을 잡고 가는 단속도 난감한 표정이었다. 박씨는 단속의 손에서 여자를 구출해주는 용감한 기사가 되고 싶었다. 그러나 여자에게 손가락질하는 다른 사람들처럼 냉담한 표정을 지었다.

봄날 오후의 꽃그늘이 짙었다. 밝은 빛 뒤에 숨어 있던 그림자가 몸을 떨었다. 박씨는 변가와 분홍 스카프가 보이지 않을 때까지 담벼락에 핀 색도 향기도 없는 검은 꽃을 물끄러미 보았다. 봄바람에 엄지손톱만 한 꽃잎 하나가 바람에 떨어져 날렸다.

박씨는 방금 막차를 놓쳐버린 여행객처럼 막막했다. 어디로 가야 할까. 박씨는 천천히 공원을 벗어났다. 횡단보도 앞에 있는 오래된 3층 건물 앞에 멈춰 섰다. 건물은 군데군데 칠이 벗겨지고 귀퉁이가 바스라지는 중이었다. 왕복 8차선 도로 건너편 구역은 이쪽과는 딴판이었다. 유리와 스틸로 만들어진 초고층 건물들이 오만하게 공원을 굽어보았다. 길 건너 초고층 빌딩은 전체가 외국어 학원이 들어 있었다. 김씨는 자기 손녀가 그곳에서 영어를 배운다고 자랑을 하곤 했다. 곧 유학 갈 거라는 말도 덧붙였다. 그럴 때마다 박씨는 휴학을 하고 등록금을 벌고 있는 손주를 떠올렸다. 김씨의 손녀는 여전히 학원에 다니는지 궁금했다. 집이 몰락했는데 유학을 할 수 있을 것 같지는 않았다. 박씨는 짐작해본다. 학원에 다닌다 해도 오늘은 오지 않을 것이다. 할애비의 장례일이다.

노인들이 유령처럼 걸어 다니는 공원길과 달리 고층 빌딩이 즐비한 건너편은 한여름 무성한 녹색 숲처럼 힘이 넘쳤다. 길 하나를 사이에 두고 평화 공원과 외국어 학원 거리는 과거와 미래만큼이나 떨어져 있었다.

박씨는 빨려들듯 낡은 건물로 가 때 묻은 계단을 밟았다. 이곳은 잠시나마 쓸쓸함을 외면할 수 있는 공간이었다. 뜨거운 국물로 헛헛한 속을 채울 수 있고 자신에게 말을 거는 사람이 있는 유일한 장소였다. 이곳은 또 광장으로 연결되는 통로이기도 했다. 광장에서는 노래하고 소리치고 힘이 빠진 팔뚝이나마 마음껏 휘둘렀다. 그 시간만큼은 어떤 충만함이 껍질만 남은 허술한 몸뚱이를 채웠다. 김씨는 어둑한 계단을 걸어 복도를 지났다. 익숙한 냄새가 복도를 떠돌았다. 문 안쪽에서 웅성거리는 소리가 벽을 타고 흘러나왔다. 박씨는 문상 가는 대신 광장으로 가야겠다고 생각했다. 변가 때문에 어쩔 수 없이 하게 된 선택이라는 사실이 조금 위안이 되었다.

잠시 후, 박씨는 지하철에서 내려 승강기에 몸을 실었다. 노인들을 빼곡히 싣고 승강기는 어두운 땅속에서 빛이 있는 지상으로 올라왔다. 문이 열리자 노인들은 김빠진 맥주처럼 승강기를 빠져나왔다. 힘을 잃고 밀려다니는 물결처럼 광장으로 향하는 행렬은 무기력하게 움직였다. 몸에 붙은 외로움은 이내 시들한 열기와 외마디 비명 같은 외침으로 바뀔 것이다. 그러다 보면 운 좋게도 더운 피가 잠시 돌지도 모르는 일이었다. 그렇지 않다면 오늘 하루, 고독을 어떻게 견디겠는가.

페트병

페트병

천장과 벽이 맞닿아 직각으로 꺾이는 곳이 손바닥만큼 젖어 있다. 신음처럼 탄식이 나왔다. 집을 보러 왔을 때 주방과 화장실 수도꼭지를 비틀어 물이 시원하게 나오는지, 보일러는 잘 작동하는지를 물었다. 창과 문짝이 뒤틀리지 않았나 살폈다. 재건축을 앞둔 아파트라 모든 게 허물어지고 있었다.

집주인이 도배해준다고 생색낸 게 이것 때문이었나, 의심했다. 주인을 직접 만나지는 못했다. 임대 계약서에 도장을 찍기 전 등기부로 소유주를 확인해 전화한 게 전부였다. 모든 절차는 부동산 업자와 이뤄졌다. 불안했지만, 워낙 집세가 쌌고, 집주인 대신 부동산 업자가 집을 관리한다니 믿을 수밖에 없었다. 재건축이 시작되면 이사 비용을 요구하지 않고 집을 비우는 조건이었다.

얼룩진 천장을 보면서 아둔한 셈법을 탓했다. 당장은 전세금이 싸

이익인 듯했으나 멀리 보면 그렇지 않았다. 기간을 꽉 채운다 해도 결국 이사를 해야 했다. 이사 비용과 소개비가 나갈 테고 발품도 팔아야 했다. 조금 비싸더라도 오래 살 수 있는 집을 얻는 것이 나았다. 한 집에서 계약을 연장하는 것이 바람직했다. 왜 이제야 이런 생각이 드는지.

냉장고를 열어 물병을 꺼냈다. 후회할 게 아니라 수습하는 게 먼저였다. 물컵을 식탁에 놓고 전화기를 들었다. 부동산 업자는 한참 만에 전화를 받았다.

"천장에서 물이 새요."

"아, 그거요."

부동산 업자는 대수롭지 않다는 듯 말한다.

아침마다 베란다에서 집 앞의 숲을 본다던 이 집에 살던 젊은 여자도, 한 차례 통화만 했던 집 주인도 알고 있었구나. 천장에 물이 새는 것을.

"위층 주인이 수리한다고 했어요."

달리 할 말이 없었다. 전화를 끊고 나서야 언제 공사할 것인지 묻지 않았다는 것을 깨달았다. 다시 전화를 걸려다 극성스러운 것 같아 그만두었다. 오래 끌지는 않을 것이라 믿었다. 베란다로 나갔다. 아파트 재건축과 함께 조각 공원으로 조성된다는 베란다 너머 숲은 연둣빛을 띠고 있다.

오래된 아파트는 퇴락의 냄새가 났다. 깨진 유리문을 방치하거나,

접착테이프로 어설프게 고정해놓은 집이 태반이었다. 베란다 난간 철제는 검은 칠이 벗겨져 제 몸에서 나온 녹에 먹히는 중이었다. 빈집에는 버림받은 가구가 먼지와 함께 나뒹굴었다. 무성한 나무가 무언가 숨어 있을 것 같은 집을 가려주지 않았다면 선뜻 이사할 생각을 하지 않았을 것이다. 신부의 슬픈 얼굴을 가리는 베일처럼 잎 많은 나무가 아파트 단지를 에워싸고 있었다.

집은 단지의 맨 안쪽 끝자락이었다. 키 큰 나무가 3층 베란다를 지나 하늘로 가지를 뻗고 있다. 낡은 집만큼 나이 먹은 나무가 울타리 대신 아파트 경계선에 가로수처럼 줄지어 있다. 베란다 난간에 팔꿈치를 얹고 숲을 보았다. 여린 풀 냄새가 섞인 바람이 코끝을 지나갔다. 새 울음과 날갯짓 소리가 작은 물방울처럼 흩어진다. 숲 가장자리 빈터에 고랑이 몇 줄 생겨났다. 호미 자국이 가지런했다. 어제까지도 검정 비닐이 널려 있던 땅이었다. 누군가 새벽에 텃밭을 만든 모양이었다. 지방 소도시인 것이 실감 났다. 불과 며칠 사이에 서울이 아득해졌다.

물이 새는 천장 따위 수리하면 될 일이다. 낡은 파이프를 잘라내고 새 파이프를 연결하면 감쪽같을 것이다. 젖은 벽지에 덧댈 여분의 벽지도 있었다. 새것도 언젠가 망가진다. 세상 모든 존재의 운명이었다. 하물며 재건축을 기다리는 아파트였다. 기우고 잘라 붙인들 표시도 나지 않을 것이다. 하지만, 다른 삶을 살려고 온 곳이다. 첫날부터 물 새는 천장을 만나다니. 세상을 알 만큼 나이를 먹었다고 생각했는데 아닌 모양이다.

얼룩은 날마다 손바닥 하나만큼 면적이 커졌다. 일주일이 지나자 급기야 물주머니처럼 아래로 늘어졌다. 젖은 벽지가 풍선처럼 부풀어 올랐다. 식탁 의자를 끌고 와 올라섰다. 손가락으로 조심스럽게 찔렀더니 물풍선이 반대쪽으로 밀렸다. 다행히 벽지가 질겨 금방 찢어질 것 같지는 않아 보였다. 당장 전화하고 싶었지만 새벽이었다. 젖은 천장 아래 장식장을 먼저 치워야 할 것 같았다. 물주머니가 터지면 장식장과 안에 든 물건도 성치 못할 것이었다.

오래된 사진첩과 액자를 치우고, 언젠가 이국의 공항에서 산 유리로 만든 고양이 한 쌍을 꺼냈다. 두 마리 모두를 한 손바닥에 얹을 정도로 작았다. 하나는 핏빛이고 나머지는 진초록이다. 유리가 아니라 보석인가 할 정도로 빛났다. 고양이는 금방이라도 달려갈 자세다. 어디로 가려는 거지? 물었던 이가 누구인지 기억이 가물거린다. 너무 오래전이었다. 누가 말했든 그건 중요하지 않았다. 누군가 쥐 잡으러? 라고 대답했고, 또 다른 누구는 요즘 고양이는 쥐를 잡지 않아, 라고 대답했다. 심지어 쥐와 고양이가 사람들이 없는 곳에서는 서로 어울려 논다고 우겼다. 모두 조금 웃었던 기억이 났다. 천적이라는 개념을 간과하는 무지보다 날카로운 이빨로 쥐를 씹어 먹는 고양이를 상상하지 않는 게 낫다고 생각했던 것 같다. 폭력과 야만이 횡행하던 시절이었으니까. 과거의 장면이 지워지듯 장식장이 비었다.

키 큰 나무 사이로 보이는 하늘이 무성해지는 녹색 이파리에 조금씩 자리를 내주고 있다. 설거지하다 고개를 들면 서향인 부엌 창을 통해 놀이터가 보였다. 볕이 쨍쨍한 날은 1층 노파가 미끄럼틀에 올라 볕에 널어놓은 신발을 뒤적였다. 아이들이 사라진 놀이터에 플라스틱 빨랫줄을 매놓았다. 색색의 이불이 경쟁하듯 빨랫줄에 걸린 것을 보면 뜨거운 햇빛에 속살 뒤집은 이불을 널고 싶은 충동이 일었다. 건조하고 따스한 공기를 눅눅한 이불에 미어지게 불어 넣고 싶었다. 녹슬고 삭아 너덜대는 철봉 끝에 매달렸던 햇살이 지쳐 떨어지면 마음도 함께 저물었다.

관리소에서 직원이 온 것은 길쭉한 창을 통해 낡은 작업복을 너는 노파를 훔쳐볼 때였다.

"위층에서 물을 쓰면 물주머니가 커져요."

"언제부터 이랬어요?"

관리소 직원이 물었다.

"일주일 전인가?"

관리소 직원을 따라 위층에 갔다. 직원이 주먹으로 4층 현관을 두드렸지만, 반응이 없었다.

"새벽에 나가 밤늦게 오는지 사람을 통 만날 수가 없어요."

이미 몇 차례 와봤다고 말했다. 관리소 직원은 복도 벽에 붙은 수도계량기함을 열었다. 가장자리가 톱니바퀴처럼 생긴 작은 단추가 있었다. 잘 보이지 않아 눈을 가까이 대고 살펴보았다. 톱니바퀴 모양의 빨간색 단추가 느리게 돌고 있었다.

“사람이 없는데 돌고 있죠? 누수예요. 속도를 보니 배관 어딘가에 미세한 금이 간 것 같군요.”

“관을 교체해야 하나요?”

“워낙 오래된 건물이라. 운이 좋으면 가끔 금이 간 곳을 이물질이 메꿔 물이 새지 않기도 하긴 하는데…….”

재건축을 앞둔 집인데 돈 들여 낡은 관을 고치는 게 비합리적이라고 말하고 싶은 걸까. 요행을 바라는 직원의 말투가 어딘가 석연찮았다. 낡은 단지지만 천 세대에 가깝다. 빈집도 있지만, 여전히 많은 집이 관리비를 내며 살고 있었다. 재건축 일정은 딱히 정해진 것도 아니었다. 1년 후가 될 수도 있지만, 더 오래 걸릴 수도 있었다. 직원은 관리소가 누구를 위해 일하는 곳인지 모르는 것 같았다.

“천장에서 물이 쏟아지기 전에 고쳐야 할 것 같아요. 사 층 주인 전화번호 알려주세요.”

개인정보 보호 때문에 전화번호를 줄 수 없다고 한다. 대신 관리소에서 집주인에게 전화하겠다고 했다. 피해자에게 알려주는 것은 경우가 다르지 않나, 생각했지만 빨리 수리할 수 있게 해달라고 했다. 며칠 지나자 얼룩은 방석 두 개로도 가리지 못할 만큼 커졌다. 집주인에게 알렸다고 하니 더는 관리소에 책임을 물을 수도 없었다. 몇 차례 위층에 올라가 문을 두드렸지만 그럴 때마다 비어 있었다. 무성해진 나무 사이에서 방범등이 밤마다 불을 밝혔고, 주황색 불빛이 아파트 단지를 안개처럼 떠다녔다.

누군가 계단을 밟는 소리가 들렸다. 현관문에 귀를 붙였다. 발소리가 멈추고 열쇠를 돌리는 소리가 희미하게 들렸고, 문이 열리고 닫혔다. 시곗바늘이 천천히 움직였다. 초조하게 기다리는 몇 분이 한 달만큼 길게 느껴졌다. 더는 참지 못하고 현관문을 열었다. 계단에 나서자 갑자기 복도가 밝아졌다. 4층으로 오르는 계단을 밟자 센서 등이 꺼지고 캄캄해졌다. 4층 현관 앞에 서기 전까지 쇠 난간을 잡고 더듬거리며 계단을 올랐다. 어둠 속에서 갑자기 뭔가 튀어나올 것 같아 심장이 쿵쿵 뛰었다. 급히 계단을 올라 4층 집 앞에 서자 복도가 다시 환해졌다. 몇 번 문을 두드리고 벨을 눌렀는데도 기척이 없었다. 분명히 누군가 들어가는 소리가 났다. 5층을 4층으로 착각했나? 생각했을 때 벌컥 문이 열렸다. 뒤로 한 발 물러설 정도로 놀랐다.

조도가 낮은 복도에 비해 집 안은 형광 조명을 밝힌 어항 속처럼 환했다. 상체를 드러낸 남자가 반바지를 입고 서 있었다. 맨살을 드러낸 남자의 몸은 갈색에 가깝다. 숄을 두른 것처럼 어깨 부근이 멍투성이였다. 눈 둘 곳을 찾으며 생각했다. 피부색이 짙은데 어떻게 저런 흔적이 남은 것일까? 피가 맺힌 것처럼 검붉은 자국이 남자의 어깨를 칭칭 감고 있었다.

"안방 천장에서 물이 새요. 점점 많이요. 집주인 전화번호를 알 수 있을까요?"

당황해 말이 떠듬거렸다. 인사말도 하지 않은 채였다. 천장을 보며 조바심치고 화내는 장면을 본 적 없으니, 무례한 방문자로 여길까 염려됐다. 보상받을 권리가 있는 것처럼 행동한다고 오해할지 모른다고 생각했다. 어색한 침묵이 지나갔다. 남자가 천천히 말했다.

"한국말 몰라요."

안도와 실망이 기묘하게 교차했다.

"다른 사람은 없어요? 혼자 살아요?"

현관에 여러 켤레의 작업화와 목이 긴 장화, 흙먼지가 잔뜩 묻은 운동화가 아무렇게나 놓여 있었다. 남자의 어깨 너머로 재빨리 집 안을 훑어보았다. 멍든 어깨 너머에 문 열린 화장실과 주방 싱크대 일부가 보였다. 3층과 같은 구조였다.

"한국말 못해요."

남자는 알아듣지 못하면 큰일이라고 생각하는 듯한 표정으로 반복했다.

"아래층에 살아요. 이 밑에."

검지로 바닥을 가리키며 천천히 말했다. 쌍꺼풀이 진 커다란 눈에 선량한 미소가 담겼다. 당신이 누군지 늦은 시간에 내게 뭘 원하는지 모르겠다. 그런 의미일까. 영어로 아래층에 살고 있다고 천천히 말했다. 발음이 나쁜지 남자의 언어가 아니었는지 알아듣지 못하는 눈치였다. 하긴 그가 영어를 해도 문제였다. 어디 출신이냐? 여기서 뭘 하고 있니? 묻고 나면 바닥이 드러나는 영어 실력이다. 몸짓과 손짓, 영어 단어 몇 개로 겨우 알아낸 것은 그의 이름과 이 집에 다섯 명이 함께 살고 있다는 사실이었다.

"방해해서 미안하다. 집주인과 연락해야 하는데 방법이 없다."

무례한 행동을 설명하지도 못하고 돌아섰다. 우수이, 아니 웃소이인가? 남자의 낯선 이름은 그렇게 들렸다. 20대 후반이나 서른쯤으로 보였다. 피부색이 짙은 외국인이라 나이를 짐작하기 쉽지 않으니 틀릴 수도 있다.

소득 없이 계단을 내려왔다. 집 앞에 서자 센서 등이 한 박자 늦게 켜졌다. 디지털 키 번호를 눌렀다. 불이 꺼지기 전에 문을 열려고 서둘렀다. 도어체인을 걸고 평소에 사용하지 않는 잠금장치까지 걸었다. 이렇게 좁은 집에 남자 다섯이 살 수 있다고 생각해보지 않았다. 형광등 스위치를 올리고 안방과 주방을 돌며 집 안의 모든 전등을 켰다. 바깥은 땅속처럼 까맸다. 함부로 자란 나무가 사방으로 뻗어갔다. 나무는 집 안으로 들어와 모든 것을 움켜잡고 싶어 하는 것 같다. 위층에서 무언가 바닥에 떨어지는지 둔탁한 소리가 벽을 통해 전해졌다.

두려운 것은 창밖의 어둠도 혼자 있는 공간도 아니다. 홀로 맞닥뜨려야 하는 미래가 아닐까. 누구에게나 예측할 수 없는 시간이 있었다. 삶의 정점을 넘어선 사람이라면, 가진 게 별로 없는 인간이라면 결코 맞닥뜨리고 싶지 않은 훗날이다.

식탁 등만 남기고 잠시 켜두었던 집 안의 불빛을 모두 죽였다. 머릿속에 들어차는 불안을 떨치려고 애를 쓸수록 위층 남자가 어른거렸다. 어떻게 멍이 든 걸까 궁금했다. 얼굴이 가려진 다른 네 명의 외국인 노동자. 무성한 잎에 가려진 조도가 낮은 방범등과 은밀히 숨어 있는 빈집들. 머리카락을 쓸어 올렸다. 몇 번이나 현관문 손잡이를 비틀어보았다. 헐거웠지만 견고하게 잠겨 있다. 금방 도망이라도 칠 것처럼 이 방 저 방 서성대다, 더는 젊은 여자가 아니라는 생각에 얼굴을 붉혔다.

밤이 깊어지면 누군가 집 앞을 서성대는 기척이 들렸다. 계단을 밟는 소리가 들리지 않을 때까지 숨을 죽였다. 숨이 막힐 지경이 되어 한꺼번에 숨을 몰아쉬기도 했다. 더는 위층에 가지 않았다. 물체를 감지하고도 켜지기를 망설이는 계단의 센서 등을 믿지 않았다. 계단참은 어두웠고 해가 지면 동굴처럼 캄캄했다. 슈퍼마켓이나 책을 빌리러 도서관에 갔다가 늦어지면 조바심이 났다. 베란다 밖에서 무질서하게 흔들리는 숲이 여전히 초록일 때 문을 잠가야 안심이 되었다. 검은 숲이 점령군처럼 베란다를 타고 넘어 들이닥칠 것 같았다. 석양이 사라지면 커튼을 쳐 꼼꼼히 창을 가렸다.

눈을 뜬 것은 한밤이었다. 무성한 숲과 키 큰 나무에 싸인 집은 물속처럼 어둠이 고여 있다. 무언가 벽을 타고 내려오는 것 같은 소리. 온몸에 소름이 돋았다. 근육이 졸아들고 손끝 하나 움직일 수 없었다. 낡고 허물어지는 집에서 잠을 깼다는 사실을 깨달았다. 머릿속에서 검은 물이 한꺼번에 쓸려 나갔다. 벽을 더듬어 급히 전등 스위치를 눌렀다. 이제 더는 함부로 비명을 지르지 않았다. 황급히 화장실로 달려갔다. 수납장에 있던 수건을 몽땅 꺼냈다. 바닥에 흥건히 고인 물은 연체동물의 다리처럼 침대 밑으로 길게 이어져 있다.

수건 몇 개로 해결될 일이 아니었다. 서랍장을 열어젖혔다. 이사할 때 정리를 한 터라 물을 닦아낼 헌 옷가지는 없었다. 벽을 따라 천장을 타고 오르는 물줄기를 보았다. 불룩하게 늘어져 있던 물주머니가 홀쭉했다. 벽과 천장의 이음새가 벌어져 있었다. 만약 종이가 찢어져 물주머니가 터졌다면 장식장은 물론이고 침대에까지 누런 물이 튀었을 거다. 망설이다 덮고 자던 얇은 이불을 고인 물 위에 던졌다. 하얀 이불이 금방 누르스름하게 변했다. 자락을 당겨 남은 물을 마저 닦았다. 화장실을 들락거리며 수습하고 나니 자정이 넘었다. 위층에 올라가 문을 두드려야 하나 고민했다. 안방 창을 열고 귀를 기울였다. 다섯 명의 이방인이 물을 사용하는 동안 금이 간 파이프로 물이 새 아래층을 덮쳤고, 남자들은 잠에 빠진 모양이었다.

물기를 짠 수건으로 벽을 꾹꾹 눌렀다. 당장 벽지를 뜯고 싶었다. 전기 포트에 물을 끓였다. 터널 같은 시간을 보내려면 커피라도 내려야 할 것 같았다. 텔레비전을 켰다. 딴 세상을 기대하며 리모컨을 눌렀다. 푸르스름한 물결이 밀물처럼 몰려왔다.

핸드폰으로 벽과 천장을 찍어 부동산 업자에게 보냈다. 효과가 있었는지 더는 물이 새지 않았다. 며칠이 지나자 벽지가 말라붙었다. 물주머니처럼 늘어졌던 천장은 온전히 제 모양을 찾지 못했다. 누렇게 변색이 된 종이가 천장과 분리되어 들떠 있다.

위층 주인이나 부동산 업자, 누구도 연락하지 않았다. 벽지를 발라 줄 것을 기대하지 않았다. 물이 새지 않는 것만도 다행이다. 손바닥으로 쭈글쭈글한 벽지를 쓸어보았다. 새로 덧대 발라도 좋을 만치 말라 있었다. 이사를 들어올 때 바르고 남은 벽지를 얼룩이 진 크기만큼 잘라냈다. 천장을 바르는 것은 만만치 않았다. 의자 위에서 발뒤꿈치를 들고 손이 닿는 부분까지만 덧댔다. 완벽하게 하고 싶었지만, 키가 닿지 않았다. 얼룩이 약간 보였지만 고개를 쳐들고 자세히 보지 않으면 눈에 띄지 않을 정도였다. 찾아올 사람도 없었다. 언제까지 머물지 알 수 없었다. 바닥에 흥건하던 물을 닦아낸 탓에 누렇게 변해버린 이불을 내다 버렸다. 세탁하면 겉은 깨끗해질 것이지만 물이 스몄던 속이 어떨지는 알 수 없었다. 절대 버리지 않을 것 같은 것이 하나씩 없어졌다. 이불과 함께 과거의 한 귀퉁이가 떨어졌다. 혼재하던 삶의 기억은 차츰 성글어지고 옅어졌다. 몸뚱이도 빨리 쪼그라들었으면 싶었다. 이즈음 많은 것이 순해진 느낌이다. 소도시로 이사를 한 탓인가. 어쩌면 나이가 주는 선물일지도 모른다고 생각했다.

공기가 눅눅했다. 장마가 시작되었다. 잎이 무성한 나무 뒤로 퍼즐 조각처럼 조각난 잿빛 하늘이 배경으로 박혀 있다. 사방이 어두워지더니 유리창에 모래를 뿌리는 것 같은 소리가 났다. 빗줄기는 순식간에 굵어졌다. 비가 바람을 몰고 왔다. 멀리서 무언가 부서지는 소리가 들렸고 푸른 섬광이 보였다. 검은 비로 꽉 찬 세상이 한순간 밝아졌다. 요란한 빗소리가 사방에 넘쳤다. 서둘러 베란다 문을 닫았다. 잠깐 사이 들이친 비에 바닥이 흥건하다. 구석에 두었던 흔들의자를 끌고 왔다. 고동색 윤이 나는 팔걸이에 양팔을 얹고 등을 펴면 침대에 누운 것처럼 편했다. 흔들의자는 군데군데 칠이 벗겨지고 낡았지만 버리지 않고 끌고 다니는 물건 중 하나였다.

그 집에서는 시간도 바람도 고체로 존재했다. 의자는 늘 현관을 향해 놓여 있었다. 조금이라도 방향이 틀어지면 언짢았다. 오랫동안 무엇을 기다렸는지 이젠 기억도 나지 않는다. 헛된 욕심. 무거운 침묵 속에는 아무것도 없었다. 먼지 한 톨조차 바닥에 떨어지지 못하고 허공에서 부유했다. 어쩌다 작은 소리라도 나면 소스라치게 놀랐다. 정신을 차리고 주위를 살폈다. 알고 보면 대부분 낡은 의자가 몸무게에 눌려 내는 소리였다. 그렇게 백 년이라도 견딜 수 있을 것 같은 날이었다.

유리창에 부서진 비는 눈물처럼 흘렀다. 무성한 나뭇잎은 진주 같은 물방울을 머금었다가 한꺼번에 떨어뜨렸다. 검은 숲이 바람에 따라 흔들리며 번들거렸다.

어둑한 집에 희미한 빛이 비껴든다. 누군가 빛을 등지고 서 있다. 부서진 물건의 잔해가 발 디딜 틈도 없이 널렸다. 인간의 목에서 나오는 것이라 여겨지지 않는 비명. 야수의 손아귀에 짓눌린 성대를 통해 간신히 새 나오는 신음. 미끈거리는 차가운 손이 온몸을 더듬는다. 꿈을 꾸는 줄 알고 있었다. 눈을 뜨면 사라져버릴 악몽. 눈을 떠. 안간힘을 다해 다그친다. 깨어나는 것조차 의지대로 할 수 없다. 꿈에서도 늘

슬펐다. 분노할 힘은커녕 눈을 뜰 의지조차 없다니. 꿈을 깨는 대신 도망갈 곳을 찾았다. 깨진 유리 조각이 즐비한 바닥을 본다. 깨진 유리가 창처럼 바닥에 박혀 있다. 유리가 없는 곳을 골라 발을 옮긴다. 발을 옮길 때마다 번득이는 칼날 같은 단면이 발을 가른다. 예리한 칼로 심장을 써는 것 같다. 발에서 흐른 피가 흘러 점점 차오른다. 발목을 적신 피는 무릎을 오른다. 피의 연못이다. 있는 힘을 다해 소리 질렀지만, 어둠이 무너진 터널처럼 목구멍을 막았다.

몸부림을 치다 낡은 의자에서 잠을 깼다. 잠깐 낮잠이 든 모양이다. 손가락도 움직일 수 없었다. 늘 같은 꿈. 푸른 정맥이 손등에 거미줄처럼 얽혀 있다. 빗물이 흐르는 유리창을 멍한 눈길로 보았다. 비에 젖은 나무가 허우적댄다. 사물의 윤곽이 허물어져 있다.

빠른 속도로 무언가 떨어졌다. 누군가 허공으로 몸을 던졌다고 생각했다. 눈을 감았다. 3층 베란다를 통과해 바닥에 떨어지는 길을 가진 곳은 4층이나 5층뿐이다. 부들부들 떨면서 겨우 눈을 뜬 후, 착각이라는 것을 깨달았다. 몇십 년 덩치를 키운 나무가 굵은 팔로 이불을 잡고 있었다. 베란다 문을 열고 손을 길게 뻗으면 닿을 수 있는 거리였다. 굵은 빗줄기에 이불은 빠르게 젖었다. 이불을 걷어야 할지 그냥 버려둬야 할지 결정할 수 없었다.

망설이는 사이 날카로운 쇳조각을 서로 긁는 것 같은 소리가 들렸다. 제풀에 못 이겨 숨이 넘어갈 것처럼 고함은 길게 꼬리를 남기며 헐떡거렸다. '돈', '은혜', '나가'라는 낱말과 욕설이 섞인 말이 뱀처럼 기어와 귀에 걸렸다. 베란다 난간에 허리를 기대고 밖으로 반쯤 몸을 밖으로 빼고 올려보았다. 위층 베란다 구조물 바닥이 시야를 가렸다. 머리와 어깨가 금방 비에 젖었다. 복도 계단에서 쿵쾅대는 소리가 났다. 무언가 계단으로 떨어지는 둔탁한 소음. 낡은 집이 장맛비에 무너지나 덜컥 겁이 났다. 벽체가 부르르 떨었다. 있는 힘을 다해 현관문을 세차게 닫은 모양이다.

손바닥 크기만큼 현관문을 열었다. 검은 가방이 문을 가로막고 있었다. 바퀴 달린 커다란 여행 가방이었다. 위층으로 오르는 계단에서 누군가 질질 끌려 내려왔다. 우수이의 검은 눈에 슬픔과 분노와 표현할 길 없는 공포가 서려 있었다. 한 뼘쯤 열린 문 사이로 우수이의 멱살을 틀어잡은 여자를 보았다. 우수이는 양손으로 난간을 잡고 있다. 여자에게 질질 끌려오던 우수이는 고통스러운 표정으로 계단에 주저앉았다. 눈물 젖은 얼굴을 감추려는지 고개를 숙였다. 우수이의 상의 속에 감춰진 자줏빛 멍 자국이 궁금했다. 평생 사라지지 않을 것 같은 흔적이었다.

우수이의 목을 단단히 틀어쥔 여자는 소매 짧은 아웃도어 상의를 입었다. 드러난 팔뚝이 다부졌다. 다부진 체격의 여자는 비키지 않고 뭐 해. 그런 눈으로 쏘아봤다.

가방이 문 뒤에 버티고 있어 현관문은 반만 열리다 말았다. 현관문을 밖으로 완전히 밀거나, 당겨 문을 닫아야 아래층으로 가는 통로가 생길 수 있다. 허리까지 오는 여행 가방이 문 여는 것을 방해해 세 사람은 갇힌 꼴이 되었다. 아무도 빠져나갈 수 없는 것을 깨닫고 서로를 보았다. 노랑과 주황색이 옆구리에 아가미처럼 붙은 등산복을 입은 여자가 계단 위를 향해 소리쳤다. 여자의 고함은 계단식 복도에 사이렌처럼 울려 퍼졌다.

"빨리 안 오고 뭐 해. 이 더러운 새끼를 끌고 나가 쫓아버리란 말이야."

4층 계단에서 남자가 빈 페트병을 발로 차며 내려왔다. 수십 개의 빈 생수병이 남자의 발길질에 벽으로 날아가거나 계단에 튕겨 텅텅 소리를 냈다. 계단 중간쯤에서 남자는 허리를 굽혀 빈 물병을 집어 들더니 우수이에게 달려들면서 그의 머리를 내리쳤다. 우수이는 양손으로 머리를 감싸며 어눌하게 외쳤다.

"때리지 마요. 아파요."

"처먹었으면 버려야지 빈 병을 왜 집구석에 모아두냐고. 돼지 새끼야."

빈 생수병으로 때리는 게 성에 차지 않은지 남자는 생수병을 내던지고 주먹을 휘둘렀다. 몸을 움직이기도 힘든 좁은 곳에 남자와 여자가 동시에 우수이에게 달려들었다. 문을 잡은 손이 떨렸다. 문을 닫을 수도, 그들을 말릴 수도 없었다. 악몽을 꿀 때처럼 말조차 나오지 않았다. 복도에 알아듣지 못할 애원과 고통의 신음이 넘쳤다. 누군가 문 뒤에 버티고 선 큰 가방을 치운다면 이들을 계단 아래로 밀어버릴 수 있을 텐데. 두려움이 도망칠 곳을 찾아 두리번댔다. 아무도 내다보지 않았다. 모두 문 뒤에서 숨을 죽인 채 귀를 대고 있는 것 같았다. 인간으로 남으려는 우수이의 절규가 빗소리에 묻혀 곤두박질쳤다. 그들이 돌연 공격의 대상을 바꿔 문을 열어젖히고 쳐들어올까 두려웠다. 폭력은 정점을 찍지 않으면 멈추지 않았다. 전염병처럼 옮겨 가기도 했다. 도망치려고 현관문을 당겼다. 헐거운 손잡이가 덜컥댈 뿐 문은 꿈쩍도 하지 않는다.

"일 못 하겠으면 너희 나라로 꺼져. 뭐, 다른 공장으로 간다고?"

노랑과 주황이 섞인 등산복을 입은 여자가 우수이에게 악다구니 썼다.

"공장을 옮기게 도장 찍어달라고? 이 쌍놈의 새끼가 누굴 망치려고."

웅크린 우수이의 등을 군화처럼 견고한 작업화가 몇 번이나 내리찍는다. 우수이는 물 밖으로 튕겨 나온 물고기처럼 소리 없이 입을 벌렸다 다문다. 우수이의 검은 눈에 호수처럼 맑은 눈물이 고였다.

손쓸 사이도 없이 과거의 시간이 우수이의 눈 속으로 뛰어들었다. 빈 병처럼 나뒹굴던 영혼. 도망은커녕 장마에 떠내려가는 나무토막처럼 흔들리던 날들. 우수이의 젖은 눈동자 속에 겁에 질려 떨고 있는 여자의 얼굴이 들어 있다. 뒷걸음질쳐 집 안으로 들어갔다. 부들부들 떨리는 손으로 식탁에 올려둔 핸드폰을 집었다. 숫자는 좀처럼 찍히지 않았다.

늘 도망을 쳤다. 누군가 신호등처럼 길을 터주면 허둥지둥 건넜다.

숫자 속으로 피하는 법은 알지 못했다. 몇 번이고 거듭 숫자를 찍었다. 기계음이 건조한 소리로 '없는 길입니다. 확인 후 다시 길을 찾으세요.' 라고 반복했다. 애벌레처럼 몸을 말고 있는 우수이를 향해 소리쳤다. '도망가. 멀리. 다시는 돌아오지 마.' 꿈속인 듯 소리는 나지 않고 입만 벙긋거린다.

1층 노파가 경찰과 나타나지 않았다면 폭력은 끝도 없이 이어졌을 것이다. 경찰이 우수이와 등산복을 입은 여자와 여자의 남편을 경찰차에 태우고 비 오는 거리를 달렸다. 그들이 떠난 아파트 계단에는 빈 생수병이 굴렀다. 노파가 허리를 굽혀 생수병을 주워 모았다. 내키지 않았지만, 노파를 도와 빈 병을 함께 주웠다. 양팔 가득 빈 통을 안고 망설였다. 복도에 두기엔 너무 많았다. 어두운 밤에 누군가 페트병을 밟고 계단을 구르기라도 한다면 크게 다칠 것 같았다. 우선 집에 두었다가 비가 그치면 내다 버리자고 생각했다. 비닐봉지를 찾아 빈 병을 담았다. 넘치는 페트병은 주방 벽을 따라 나란히 세웠다.

빈 병을 왜 모아두었을까? 궁금했다.

줄을 맞춰 길게 세우니 좁은 집이 설치미술 전시장이 된 것 같았다.

이렇게까지 해야 하는지 점점 불편해졌다. 빈 페트병을 다 치운 노파가 집 안을 기웃거렸다. 노파는 돌아갈 생각이 없어 보였다.

내키지 않았지만 식탁 의자를 빼주고, 냉장고에서 과일을 꺼냈다. 차를 끓일 동안 노인은 베란다로 나가더니 나무에 걸려 비를 맞고 있는 이불을 걷어 들였다. 베란다에 둔 빨래 건조대를 펼쳐 젖은 이불을 널었다.

사과를 깎아 접시에 보기 좋게 놓았다.

"사 층에서 떨어졌어요."

"올 거야. 사장이 도장을 안 찍어주면 직장을 못 옮겨."

과일을 오물거리는 노파의 입가에 주름이 자글거렸다.

"집값이 너무 올랐어. 여기서 받은 돈으로는 갈 데가 없어. 쫓겨날 때까지 살아야지. 방법이 없다고."

말없이 들어주는 것이 좋았던 것일까. 몸집이 작은 노파는 백 년 만에 잠을 깬 사람처럼 말을 쏟아냈다. 우수이를 구타하던 부부는 4층 집 주인이었다. 거기 사는 다섯 명의 외국인은 부부가 경영하는 소규모 철근 공장에서 일하는 노동자였다.

"이런 아파트가 열 채가 넘는다고도 하고 다섯 채라는 소문도 있어."

"직원들에게 기숙사처럼 집을 주는 건가요?"

주먹을 휘두르던 부부를 떠올리며 의외라는 생각을 했다. 노인은 주름진 입을 삐죽거렸다.

"숙소는 무슨. 한 사람당 십만 원도 넘게 받으니 월세가 오십인 셈이지. 관리비는 따로 내고. 다른 집은 한 달에 삼십이야."

"딴 집을 빌리지 왜 여기 살아요? 외국인이라 물정이 어두운가요?"

노파는 빈 포크를 휘둘렀다.

"외국인이라도 알 건 다 알아. 사람 사는 곳은 어디든 비슷하거든."

노파는 외국인 노동자들의 체류 자격과, 체류 기간이 끝난 후 재허가를 받는다는 것을 잘 알았다. 검은 숲의 모든 비밀을 아는 것 같은 말투였다.

천장에서 물이 새지 않는 까닭을 알게 되었다. 상수도관을 고치는 대신 물을 쓰지 못하게 한 것이었다. 물이 들어오는 상수관에 금이 갔는데, 수리하는 대신 막아버렸다고 했다. 가끔 4층 남자들이 윗몸 맨살을 드러낸 채 놀이터 한구석에서 페트병을 거꾸로 들고 서로에게 물을 부으며 장난치던 모습이 생각났다. 그럴 때면 몸을 숨기고 부엌 창 가장자리에 눈을 갖다 붙이고 훔쳐보았다. 놀이를 마치고 그들이 가버리면 놀이터에 젖은 모래가 검은 얼룩으로 남았다.

"조금이라도 더 머물러 돈을 벌려고 참는 거야."

소동은 늘 반복된다고 했다. 노파가 금방 경찰과 나타난 것이 이해되었다.

"내 아들도 그 공장에서 일했어. 무거운 쇠기둥이나 쇠뭉치를 옮겼지."

가늘어진 빗줄기가 조용히 떨어지고 있었다.

"어깨에 멍이 떠날 날이 없었어. 사람 몸뚱이가 쇳덩이도 아닌데 남아나나? 허리가 망가져서 공장을 나왔지."

"지게차를 두고 왜 사람에게 무거운 쇠기둥을 나르게 시켜요?"

여자가 의아한 얼굴로 물었다.

"짐승처럼 부려야 유순해져서 다루기가 쉽다나."

노파의 아들처럼 우수이는 허리를 다쳤고, 공장을 옮기려 하자 일이 벌어졌다고 노파가 알려주었다. 노파의 아들은 건설 현장에서 일하는데 오늘은 비가 와 집에 있다고 했다. 새벽에 일 나가는 노파의 아들을 창 너머로 본 적이 있었다. 노파가 놀이터의 햇볕에 말린 깨끗한 작업화를 신고 있었다. 등이 넓고 키가 큰 남자였다.

"우리 집에서 저녁 먹지 않으려오? 김치뿐이긴 하지만."

무언가에 얻어맞은 듯 얼떨떨했다. 만난 지 겨우 두어 시간, 잠시 이야기를 나눈 것뿐인데.

"나중에요. 다음에요. 좀 있다가요."

누구와 마주 앉아 밥을 먹은 것이 언제인지 기억조차 나지 않았다. 빈집에서 종일 서성이다 어두워지면 일어났던 자리에 다시 누웠다. 그런 날이 평생 지속되었던 것 같았다.

"그냥 밥 한 끼 같이 먹자는 말이야."

노파는 주름진 입을 오물거리며 웃었다.

"사 층 애들도 우리 집에서 자주 밥을 먹었어. 밥 먹는데 물 받으러 오면 그냥 보낼 수가 있어야지."

"물?"

"생수도 사 마셨지만 세수하고 씻는 물은 우리 집에서 얻어 갔지. 가끔 빨래도 해줬어. 그 짓도 하루 이틀이지. 수도를 끊고 어떻게 살아. 얼른 고치든지 나가든지 해야지."

노파는 통 넓은 바지를 추스르며 일어섰다. 노파의 발소리가 들리지 않을 때까지 문에 서 있었다. 1층 문 소리가 났고 남자의 굵은 저음이 웅얼대더니 끊어졌다.

비가 그쳤다. 베란다 문을 활짝 열었다. 문틀에 고였던 빗물이 떨어졌다. 밥을 먹자던 노파의 말이 귓가를 맴돌았다. 4층의 이방인들은 돌아오지 않았다. 모두 어디로 간 것일까. 평소보다 일찍 어두워졌다. 지루한 시간이 천천히 흘렀다.

건조대에 널려 있던 이불을 걷었다. 이대로 말렸다가는 고약한 냄새가 난다. 세탁기에 세제를 덜어 넣고 전원 스위치를 눌렀다. 세탁조로 물이 흘러 들어가는 소리가 났다. 세탁기는 슥슥 소리를 내며 느리게 돌았다. 물이 빠졌다가 다시 채워지고 또 흘러나갔다. 이불은 내일 놀이터에 내다 말려야겠다고 생각했다. 해가 쨍쨍해야 할 텐데. 1층 노파처럼 자기 얼굴에도 고랑을 만들 정도로 햇볕이 뜨겁게 내리쬐었으면 바랐다.

전등도 켜지 않은 채 앉아 있었다. 자신이 지금 무언가를 원하고 있다는 것을 깨달았다. 세탁기에서 빠져나가고 다시 들어오는 물소리가 가슴을 먹먹하게 했다. 어떤 그리운 것을, 움켜잡고 억울해서 놓지 못하던 것을 풀어놓듯 어둠 속에서 가만히 손을 펴보았다. 놀이터에 다시 줄을 매지 않아도 이불을 널 수 있을지 궁금했다. 우수이에게 보송한 이불을 건네줄 생각을 하니 복잡한 감정이 교차했다. 문 앞에 갖다

둬도 된다고 생각하자 마음이 조금 가라앉았다. 점멸등처럼 붉은 불빛이 반짝였다. 세탁이 끝났다는 신호. 여자는 세탁기에서 천천히 이불을 꺼냈다.

노란 가로등

노란 가로등

싱크대 위쪽 작은 창을 통해 밖을 내다보았다. 아파트 정문 옆에 있는 가로등이 바닥에 원을 떨구고 있었다. 연극 무대처럼 타원형 불빛을 빗겨난 바깥은 어둠이 짙었다. 시골의 밤은 도시와 달리 두텁고 투명했다.

가스레인지 위에 올려둔 찜통에서 쉭쉭 김이 올라왔다. 찜통 뚜껑을 열고 자루가 긴 국자로 기름과 거품을 걷어낸 후, 가스 불을 줄이고 뚜껑을 닫았다. 병원에서 주는 멀건 미음으로는 병을 이길 수 없을 거라고 말한 옆 침대 환자의 말이 생각났다. 담당 간호사는 환자가 좋아하는 음식을 가져와도 괜찮다고 했다.

언젠가 어머니와 함께 대게를 먹던 일이 떠올랐다. 겨울, 대게 철이었다. 그때 어머니가 좋아했는지 어쨌는지 잘 모르겠다. 게를 발라 먹을 때 눈앞에 작은 산처럼 쌓이던 껍데기만 기억에 남았다.

국물은 점차 뽀얀 색을 띠었다. 김을 올리며 끓는 소리에 마음이 편해졌다. 부엌 창을 활짝 열었다.

개가 바닥에 엎어져 낑낑댔다. 나는 장롱을 뒤져 면으로 된 누비 패드를 꺼내왔다. 냉기가 발바닥에 닿지 않게 카펫 대신 바닥에 까는 얇은 패드였다. 패드를 반으로 접어 거실 한쪽에 깔았다. 발바닥에 마찰이 생기자 녀석은 그제야 바닥에 발을 딛고 일어섰다. 몇 발짝 걷던 녀석이 중심을 잃고 비틀거렸다. 원을 그리며 돌다 보니 속도 조절이 되지 않는 모양이다. 개가 원을 그리며 걷는 것은 치매 증상일 수도 있다고 수의사가 말했다. 열일곱 살이니 인간으로 치면 녀석은 90세가 넘은 셈이다.

나는 소파에 앉았다가 녀석이 비틀대면 재빨리 일어나 부축해주었다. 녀석이 넘어지고 내가 일으켜 세우는 행동이 반복되었다. 나중에는 지쳐서 녀석이 넘어져도 내버려두었다. 녀석이 캉, 캉, 재촉하는 소리를 지르면 그제야 소파에서 엉덩이를 떼고 느리게 일어나 녀석을 세워주었다.

주방에서 구수한 냄새를 머금은 수증기가 뭉클뭉클 피어올랐다. 곰탕 냄새와 뜨겁고 축축한 증기가 오래된 벽에서 떨어져 나온 낡은 벽지 틈새로 스며들었다. 그것들은 틈새에서 빠져나오지 못하고 집 일부분이 될 것이다. 틈이 벌어진 벽지의 한끝을 잡고 당겨버리고 싶었다. 낡은 벽지를 죄다 뜯어서 속에 갇혀 있는 온갖 것들을 털어내고 싶었다.

동심원을 그리며 웅웅대던 텔레비전 소리가 사라졌다. 동생의 일과가 끝난 거였다. 동생은 양치질한 후 잠자리에 들 준비를 했다. 주변이 조용해지자 피로가 몰려왔다. 개를 소파에 올려놓고 주방으로 갔다. 가스 불을 끄고 찜통을 들어 올렸다. 집에서 가장 서늘한 베란다에 두었다가 위에 엉긴 기름을 걷어내고 한 번 더 끓일 생각이었다. 면으로 된 행주로 손잡이를 감싼 후 찜통을 들어 올렸다. 뜨거운 국물이 가득해서 꽤 무거웠다. 나는 소파에서 멀찍이 떨어져 거실을 가로질렀다. 국물이 출렁이지 않게 조심스럽게 발을 뗐다.

소파에 앉아 있던 꼬마가 나를 보고 펄쩍 뛰어올랐다. 네 다리로 소파를 박차고 공중으로 붕 날아올랐다. 나는 앞으로 나가지도 뒤로 물러서지도 못한 채 그 자리에 서버렸다. 공중으로 날아가는 놈의 모습이 어찌나 날렵한지 마치 고양이처럼 느껴질 정도였다. 하지만 그런 느낌은 순간이었다. 공중에 잠시 머무는가 싶던 녀석은 수직으로 바닥에 떨어졌다. 퍽 하는 소리와 함께 녀석의 처참한 비명이 뒤를 이었다. 네 다리를 사방으로 쭉 뻗어 깔개로 쓰는 양털 러그가 되어버렸다. 자세히 보니 양털 러그가 아니라 마른오징어처럼 바닥에 눌어붙었다. 불행하게도 면 패드를 깔아놓은 곳을 교묘하게 피한 채였다. 내가 딱히 도와줄 방법이 없었다. 얼굴을 박고 널브러진 개를 그냥 둔 채로 베란다로 나갔다. 뜨거운 국물을 엎지르면 더 큰 재앙이 닥칠 게 분명했다. 나는 바닥에 붙은 개를 쳐다보며 베란다 문을 열었다. 찜통을 바닥에 내려놓자 갑자기 비죽 웃음이 터져 나왔다. 이런 상황에 웃음이 터지다니 자신도 어이가 없었다.

녀석은 자신의 처지를 이해하지 못하는 모양이었다. 다리의 관절과 뼈들이 서서히 벌어지고 엉덩이가 무너져 내리는 것을 깜박 잊은 것 같았다. 작년만 해도 녀석에게 소파쯤은 아무것도 아니었다. 식구들이 아침 식사를 마치고, 바삐 집을 나가면 식탁 위에 올라가 치우지 못한 채 대충 덮어둔 반찬을 우적우적 훔쳐 먹은 적도 있었다. 잡지 못할 정도로 날렵하게 거실과 주방 사이를 뛰어다녔다. 네 다리는 튼튼했다. 산책하러 가면 목줄을 잡은 나나 딸아이쯤은 멋대로 끌고 다녔다. 바닥에 엎어져 있는 녀석을 조심스레 만져보았다. 녀석은 혼이 나간 듯 검은 눈을 끔벅거렸다. 어디 다치지 않았을까 걱정이 되면서도 자꾸 웃음이 나왔다.

"할아버지, 이제 점프 같은 건 못 해요. 나이 생각을 해야죠."

나는 네 발과 엉덩이와 등을 차례로 눌러보았다. 고통스러워하지는 않았다. 개를 안아 올리자 늘어진 물풍선처럼 천천히 딸려왔다. 어머니도 입원 중인데 개까지 아프면 보통 일이 아니었다. 심각한 상황에서 실실 웃고 있는 내가 조금 한심해졌다.

나는 현관 옆에 붙은 작은 방으로 갔다. 동생이 쓰던 방이었다. 어머니가 없는 동안은 동생이 안방에서 자기로 했다. 내 자리 옆에 담요를 접어 녀석의 잠자리를 만들었다. 작은 방의 창은 바깥 복도 쪽으로 나 있었다. 가끔 복도를 걸어가는 발짝 소리가 들리기도 했다. 귀뚜라미가 울어 귀를 기울였더니 금방 사라졌다. 밤이 깊어가자 사방이 물

속에 잠긴 것처럼 조용했다. 허리가 묵직했다. 힘든 하루였다. 딸아이에게 문자라도 보낼까 하다 그만두었다. 핸드폰을 켜면 이것저것 들여다보다 훌쩍 시간이 지나가버릴 것이었다. 핸드폰을 꺼내려고 일어나기도 귀찮았다. 개가 불편한 듯 낑낑 소리를 냈다. 화장실로 데려갔더니 오줌을 누었다. 샤워기를 틀어 화장실 바닥에 묻은 오줌을 씻어냈다.

전등을 끄고 자리에 누웠다. 눈을 감은 채 검은 물속을 이리저리 떠다녔다. 얼음에 균열이 생기듯 희미한 빛 한 줄기가 물속으로 파고들었다. 눈을 뜨고 싶지 않았다. 빛줄기를 쳐다보는 것이 고통스러웠다. 꼼짝도 하지 않는 무거운 쇠문을 온 힘을 다해 미는 기분이었다. 눈을 반쯤 감은 채 일어나 벽을 더듬어 스위치를 눌렀다. 형광등 불빛이 눈을 찔렀다. 눈을 감고 잠시 서 있었다. 얼음이 갈라지는 소리라고 생각한 것은 개가 앓는 소리였다. 녀석은 언제부터 울고 있었을까. 나는 개를 품에 안고 가만히 흔들어주었다.

"어디가 아파? 잠자리가 바뀌어서 그래?"

개가 울음을 그쳤다. 나는 담요 위에 녀석을 모로 눕혔다.

"무서운 꿈 꿨어? 불 켜고 잘까?"

전등을 켜둔 채 자리에 누웠다. 감은 눈 위로 불빛이 쏟아졌지만 나는 금방 잠에 떨어졌다. 물속에 잠긴 것처럼 뻐근한 팔다리와 묵직한 허리에서 무게가 사라졌다. 몸뚱이가 낱낱이 해체되어 땅속으로 스며드는 것 같았다. 평화는 잠시였다. 금속의 날카로운 단면 같은 빛이 다시 눈을 파고들었다. 잠결에 녀석의 머리를 쓰다듬자 울음이 잦아들었다. 손을 떼면 다시 큰 소리로 울었다. 그렇게 몇 차례를 반복하는 동안 잠은 달아나버렸다.

"배고파? 어디가 아픈 거야?"

내 허벅지에 녀석의 머리를 올려 재워보았지만 잠시뿐이었다. 5분도 지나지 않아 개는 큰 소리로 울었다. 개의 울음은 머릿속에서 쇠 구슬이 두개골의 안쪽을 아주 빠른 속도로 날아와 부딪치는 것 같은 충격을 주었다. 있는 힘을 다해 울부짖으면 머리가 울렸다.

한밤중이었고 벽을 사이에 두고 붙어 있는 아파트 단지였다. 벽 너머 옆집에서 누군가 자고 있을 터였다. 천장 위와 아래층은 또 어떻고. 층간 소음으로 살인까지 일어나는 세상이었다. 나는 개를 품에 안고 방 안을 서성거렸다. 녀석의 울음이 잦아들었다. 이웃집에 들리지 않을 것 같았다. 녀석을 안은 채 거실로 나가 커튼을 젖혔다.

하늘은 별 하나 없이 까맸다. 어둠 속에 덩그러니 서 있는 건너편 아파트가 보였다. 도시의 아파트는 밤새 불이 꺼지지 않는 창이 더러 있었다. 노인들이 많이 사는 탓인지 이곳은 불이 켜진 집은 한 곳도 없었다. 그래서 밤은 더 어두웠다. 쓸쓸히 서 있는 노란 가로등이 유일한 빛이었다.

녀석이 점점 무거워졌다. 나는 거실과 베란다를 서성거리다 가끔 소파에 앉았다. 개는 작은 소리로 끙끙대다 내가 앉으면 있는 힘을 다해 짖었다. 그럴 때마다 등에서 식은땀이 솟았다.

안방에서 이불이 부스럭대는 소리가 났다. 녀석의 앙칼진 소리 때문에 동생이 깬 모양이었다. 나는 품속의 개를 물끄러미 보았다. 어딘가 아픈 게 분명했다. 그렇지 않다면 밤새 울어댈 리가 없었다. 말을 할 수 있다면 물어보기라도 하련만. 언젠가 텔레비전에 개와 대화를 한다는 남자가 나온 것을 본 적이 있었다. 지금 그에게 전화라도 하고 싶은 심정이었다.

창밖이 희부옇게 변해갔다. 어느 순간 거짓말처럼 가로등이 꺼졌다. 저만치 푸른 새벽이 오고 있었다. 가로등은 플라스틱 덮개를 이고 있었다. 오랜 세월을 견딘 가로등 덮개는 원래의 색깔이 바래 잿빛에 가까운 허술한 모습으로 서 있었다. 가로등에 켜켜이 쌓인 먼지는 세찬 비라도 내려야 씻겨 나갈 것 같았다. 녀석은 칭얼대다 잠이 들었다. 긴 한숨이 절로 나왔다. 나도 잠깐 눈이라도 붙여야 할 것 같았다.

어머니의 얼굴은 물이 부족한 화초처럼 버석거렸다. 고농축 영양 수액이 느린 속도로 어머니의 팔뚝을 통해 몸속으로 스며들었다. 링거액 한 봉지가 달걀 한 개만 못하다는 말이 귓가에 맴돌았다. 어머니는 병원에서 나오는 밥에 손도 대지 않았다. 입원 후 입에 넣은 것이라고는 물밖에 없었다. 나는 사물함 위에 곰탕이 든 보온병과 반찬 통을 꺼내 늘어놓았다.

"도로 가져가. 아무것도 넘어가질 않아."

"드시고 싶은 건 없어요?"

"시원한 물이나 좀 다오."

어머니는 차가운 물 한 잔을 몇 번으로 나누어 마셨다. 생수병을 냉장고에 넣으러 간 사이 어머니는 잠에 떨어졌다. 어머니의 어깨를 가만히 흔들어보았다. 가늘게 코 고는 소리가 났다. 병실에 수면제라도 뿌리는 것일까? 옆 침대의 아주머니도 등을 돌려 자고 있었다.

병실 유리창 너머에 스산한 바람이 펄럭였다. 잿빛 하늘이 땅 가까이에 내려와 있어 작은 읍내는 더욱 쪼그라든 것 같다. 밤사이 기온이 뚝 떨어졌다. 늦은 오후부터 비가 온다니 짧은 가을이 금방 지나갈 것 같았다. 가습기에서 미세한 물 입자가 안개처럼 흘러나왔다. 적당한 습도와 따스한 공기, 타인의 배려. 약자가 되는 것은 어쩌면 안락한 온실 속에 머물 수 있는 특권일지도 모르겠다. 늙고 병드는 것이 반드시 나쁘지는 않은 것 같았다.

담당 의사는 추석 연휴가 끝나야 검사 결과가 나온다고 말했다. 일주일이 훌쩍 지났는데 무슨 병인지 알지 못했고 어머니는 여전히 아무것도 먹지 못했다. 간호사는 링거를 맞고 있으니 걱정하지 않아도 된다고 했지만 나는 심란했다.

병원에서 나와 마트에 들렀다. 어머니의 입맛을 돋워줄 게 있나 찾아보았다. 과일 판매대에 사과, 배, 감, 포도, 복숭아 등이 쌓여 있었다. 알이 굵고 모양이 반듯한 것을 보니 추석 선물이나 제수용으로 들여놓았던 것 같았다.

어머니는 이제 제사를 지내지 않았다. 동생이 집에 오면서부터일 것이다. 아버지 기일에 어머니는 제사 대신 성당에서 미사를 올렸다. 아버지는 성당 묘지에 누워 있다. 묘지 입구에는 하얀 옷을 입은 키가 큰 마리아상이 서 있다. 어머니는 그곳을 성당산이라 불렀지만 낮은 언덕에 가까웠다. 경사가 완만한 기슭에 무릎에도 미치지 못하는 크기의 비석이 빼곡했고 비석들 사이로 좁은 길이 나 있었다. 직사각형의 작은 봉분과 키 낮은 비석이 망자가 차지하고 있는 전부였다. 어머니는 아버지 옆에 묘지 터를 사둔 것을 다행스러워했다. 성당 묘지는 이제 꽉 차버려 빈자리가 없다. 성당 측에서는 읍내에서 먼 곳에 새 묘지 터를 조성하고 있었다. 나는 신자가 아니기 때문에 미사에는 가지 않았다. 성당 묘지를 찾는 것이 내가 아버지를 추모하는 유일한 방법이었다. 그런 면에서 어머니는 진보적이었다. 동생에게 제삿밥을 얻어먹기 글렀다고 생각해서일까? 어머니는 어쩔 수 없이 현실과 타협한 것인지도 모르겠다.

마트에서 황도 통조림과 돼지고기와 철 이르게 나온 귤을 샀다. 통조림은 냉장고에 두었다가 차게 해서 귤과 함께 병원에 가져갈 거였다. 달짝지근한 과일 통조림 국물은 열량이 높을 터였다. 맹물을 마시는 것보다 나을 것 같았다.

차를 몰고 마트에서 나와 우회전했다. 신호등을 지나 조금 달리자 오른쪽에 기차역이 보였다. 역 앞에 작은 광장이 있고 광장을 중심으로 국밥집과 상가들이 모여 있다.

서울에서 학교에 다닐 때 방학이 되면 기차를 타고 이곳으로 왔다.

청량리에서 밤 기차를 타면 새벽에 도착했다. 요즘처럼 버스나 승용차가 많지 않았고, 소읍과 서울을 오가는 직통버스는 아예 없었다. 기차역 부근은 읍내의 중심부였다. 그때만 해도 식당은 환하게 불을 밝히고 새벽까지 국밥을 팔았다. 사람들로 북적이던 식당은 너무 오래 산 노파처럼 보였다. 페인트가 벗겨져 엉뚱한 글자로 변해버린 간판과 틈이 벌어진 낡은 문짝. 그런 식당이나마 남아 있는 곳은 몇 군데 되지 않았다. 지금은 서울에서 버스를 타면 긴 영화 한 편을 보는 시간이면 떨어졌다. 대여섯 시간이나 걸리는 허름한 완행 기차를 이용하는 사람은 별로 없었다. 40년이 지난 것이다. 변하지 않은 것이라고는 기차가 도착하는 시간뿐이었다.

스무 살의 여자가 역을 나와 광장으로 걸어오고 있었다. 검은 머리칼이 어깨 위에서 찰랑거렸다. 초여름 나무 같은 여자의 목에 도트 무늬의 자줏빛 스카프가 매여 있다. 광장을 벗어나 큰길로 나선 여자애가 차 옆을 지나간다. 얼굴에 나 있는 솜털이 다 보였다. 나는 화장기 없는 발그레한 뺨을 가진 여자에게서 시선을 떼지 못했다. 여자애는 문득 걸음을 멈추더니 나를 빤히 쳐다보았다. 차창 유리를 사이에 두고 나와 여자애는 서로를 바라보았다. 스무 살, 그때로 돌아간다면 다른 삶을 살 수 있을까? 나는 필사적인 심정으로 여자애를 보았다. 하지만 아무것도 알아낼 수 없었다. 미래의 삶을 예측할 수 있을 것 같은 표식은 어디에도 없었다. 운명을 점쳐볼 어떤 상징도 보이지 않았다. 여자애는 눈앞에서 새벽안개처럼 밀려나더니 가뭇없이 사라져버렸다. 스산한 광장과 과거의 식당, 철이 한참 지난 여행용품을 팔고 있는 잡화점 주변을 살펴보았지만 스무 살 나는 어디에도 없었다.

뒤차가 경적을 울렸다. 흠칫 놀란 나는 브레이크에서 발을 뗐다. 차 앞 유리에 눈물처럼 생긴 빗방울 하나가 툭 떨어졌다. 휘익 바람이 지나갔다. 플라타너스의 넓은 잎이 회색빛 대기 속으로 펄럭이며 떨어졌다.

커다란 냄비에 돼지고기를 넣고 물을 넉넉히 부었다. 된장 한 숟갈을 물에 풀었다. 가스레인지를 켠 후 불꽃을 올렸다. 50분 동안 고기를 익히면 맛있는 수육이 된다고 정육 판매대 주인이 일러주었다.

개가 담요에 오줌을 흠뻑 싸놓았다. 낑낑댔을 텐데 동생은 알아채지 못했나 보다. 알았더라도 왼손을 쓰지 못하는 동생으로서는 방법이 없었을 거였다. 녀석의 왼쪽 배와 등 쪽이 오줌에 젖어 척척했다. 전기 포트로 물을 데워 배와 아랫부분만 씻어주었다. 담요를 세탁기에 넣는데 현관 벨이 울렸다. 문을 열었더니 중년 여자가 서 있었다.

"할머니 안 계세요?"

여자는 문밖에서 집 안을 살피며 물었다.

"아파서 입원하셨어요."

누군지 묻기도 전에 여자가 말을 이었다.

"요즘 잘 안 보이시더니 편찮으시구나. 어디가 아프신가요?"

"노환이에요. 금방 좋아질 거예요."

"서울 사는 따님이세요?"

나는 가볍게 고개를 끄덕였다.

"할머니께서 가끔 따님 자랑을 하셨어요. 저는 옆집에 살아요."

여자는 복도에 나란히 붙어 있는 현관문을 손가락으로 가리켰다. 나는 문을 막아선 채 여자를 쳐다보았다. 여자는 내 어깨너머로 집 안을 기웃거렸다. 들어오라는 말을 기다리는 걸까? 여자는 약간 사이를 두고 던지듯 물었다.

"혹시 개가 있나요?"

누군가 눈앞에 종주먹을 들이댄 것 같았다. 이후 일어날 모든 것이 눈앞에 선명하게 펼쳐졌다. 올 게 왔구나. 뭐 이런 기분이었다. 나는 주눅이 든 목소리로 대답했다.

"어젯밤에 아주 시끄러우셨죠?"

나는 비굴하게 미소까지 지었다.

"개 짖는 소리가 나는데, 할머니는 개를 안 키우니 다른 집인가 생각했어요."

나름 조용히 하려고 새벽까지 녀석을 안고 달래며 집 안을 서성거렸다. 개가 큰소리로 울부짖은 시간은 자정 전후일 것이다. 머릿속이 갑자기 복잡해지기 시작했다. 방음 상태가 그렇게도 부실한가. 집에 수험생이라도 있는 것일까? 옆집 여자는 40대 중반쯤으로 보였다.

"남편이 화물차를 몰아요. 잠을 설치면 운전하는 데 지장이 있죠."

나는 무례한 사람이 된 것 같아 당혹스러웠다. 타인의 항의나 불만을 정면으로 받은 일은 거의 없었다. 만약 내가 옆집 여자의 처지에 놓였다면 똑같이 행동했을까? 베개로 양쪽 귀를 막고 밤잠을 설쳐도 나는 소음의 출처가 어딘지 찾아 나서지도, 항의할 생각도 못 할 것이다. 만약 남편이 화물차 기사라면 옆집 여자처럼 할 수 있을까? 나는 고개를 가로저었다. 절대 그럴 일은 없을 것 같았다. 나는 오랫동안 착한 여자 콤플렉스에 걸려 있었다. 내 얼굴이 가면인 것조차 몰랐다. 지금은 남편을 위해 무언가를 해야 한다는 마음 같은 것은 사라진 지 오래였다. 그런 마음이 한때 존재했는지조차 의심스러웠다. 나는 여자에게 머리를 조아렸다. 여자는 전쟁에서 승리한 장군 같은 표정을 지었다. 여자가 자기 집에 들어간 다음에도 나는 잠시 복도에 서 있었다. 이따금 남편과 한 몸인 것처럼 구는 여자들을 보면 착잡해졌다. 왜 그런 기분이 드는 것인지는 알 수 없었다.

가을비답지 않게 굵은 빗줄기가 쏟아졌다. 물방울이 부서지는 소리가 사방에서 들렸다. 어머니는 가져간 통조림의 달콤한 즙과 곰탕과 잘게 썬 과일에는 손도 대지 않았다. 냉장고에서 금방 꺼낸 생수만 마셨다. 병원에 가져갔다가 풀지도 못하고 도로 가져온 것을 동생에게 주었다. 수육과 묵은김치를 곁들였더니 잔칫상 같다고 입을 벙싯거렸다. 동생이 저녁밥을 먹는 동안 꼬마에게 밥을 주었다. 그릇을 입 가까이 갖다 대주었다. 녀석은 같은 자세를 오래 유지하지 못했다. 밥을 먹다가 주저앉거나 그릇에 고개를 박고 고꾸라지곤 했다. 책을 몇 권 쌓은 후 그 위에 식기를 올렸다. 곰탕 국물에 불린 사료를 주었더니 녀석은 쩝쩝 소리를 내며 먹었다. 배가 몹시 고팠던 것 같았다. 사료를 먹는 동안 녀석이 다리를 부들부들 떨었다. 날이 개면 잠깐이라도 운동을 시켜야겠다고 생각했다. 쓰지 않는 근육은 퇴화했다. 근육뿐만 아니라 마음조차 함께. 나는 녀석이 주저앉지 않도록 양손으로 엉덩이를 받쳐주었다. 배가 부른지 녀석이 그릇에서 물러났다. 그릇 바닥에는 퉁퉁 불은 사료가 그대로 남아 있었다. 녀석은 어머니처럼 국물만 핥아 먹었다. 녀석이 사료를 먹지 않은 지는 한참 되었다. 이가 부실해졌는지 씹어야 하는 것은 잘 먹지 않았다. 물만 먹어서는 몸을 지탱할 수 없었다. 사료를 먹지 않는다면 무엇을 먹여야 할지 감이 오지 않았다. 사람이 먹는 것을 그대로 먹였다가는 예상치 못한 병이 생길지도 몰랐다. 어머니만으로도 머리가 터질 것 같은데 녀석의 먹이까지 걱정해야 한다니.

기분이 좋은 듯 녀석은 내 허벅지를 베고 누워 뒹굴뒹굴한다. 가끔 긴 혀를 내밀어 내 손등을 핥아준다. 분홍색 배가 봉긋했다. 봉제 인형처럼 조용할 때 녀석은 천사 같다. 집에서 녀석이 큰 소리로 짖어댄 적은 없었다. 이웃에서 우리 집에 개가 있는지도 모를 정도였다. 우리는 녀석을 점잖은 선비라고 부르기도 했다. 그런데 이곳에서는 며칠 사이 평생 하지 않던 행동을 죄다 하고 있었다. 집에 가면 단골 동물병원에서 진단받아야겠다고 생각했다. 그러려면 어머니가 빨리 건강을 찾아야 했다.

녀석이 또 오줌을 쌌다. 녀석이 낑낑댔는데 오줌을 싼 지 얼마 되지 않아 마려울 거로 생각지 못했다. 샤워 타월을 반으로 접어 깔아주었는데 푹 젖어 있었다. 녀석이 이런 식으로 오줌을 싼 적은 없었다. 태어난 지 한 달 만에 데려왔는데 처음에는 집 안 곳곳에 똥오줌을 싸고 다녔다. 하지만 녀석은 곧 자신의 화장실을 정했다. 거실에 달린 베란다였다. 거실과 베란다 사이에는 커다란 통유리문이 있었다. 바깥 풍경을 보기 위해 중앙에 대형 통유리문 하나와 양쪽에 좁은 문을 각각 달았다. 도심의 아파트에서 보이는 풍경이라 해봐야 건너편 아파트의 외벽과 벽에 매달려 있는 에어컨 실외기가 전부였지만 말이다. 녀석은 기를 쓰고 베란다에 나가 용변을 해결했다.

겨울에는 문을 닫아두기 때문에 베란다에 나갈 일이 생기면 커다란 검은 눈을 해맑게 뜨고 나를 빤히 쳐다보았다. 책을 보거나 원고를 쓰거나 청소기를 돌리다 나는 급히 거실을 가로질러 육중한 유리문을 열어주었다. 녀석은 엉덩이를 씰룩거리며 베란다로 나가 뒷다리 하나를 들고 대형 화분에 대고 힘차게 오줌을 갈겼다. 벤자민과 관음죽이 심어진 화분은 녀석의 오줌에 절어 냄새가 코를 찔렀다. 베란다뿐 아니라, 온 집안에 녀석의 배설물 냄새가 배었다.

"냄새가 좀 나는군. 사랑스러운 가족이 생겼는데 이 정도는 감수해야지."

그러면서 나와 딸아이는 별로 개의치 않았다. 매사 깔끔한 남편은 질색했다. 퇴근해서 집에 들어오면 버럭 소리부터 질렀다.

"당장 갖다 버려."

날씨가 흐리거나 비가 오면 냄새가 심했다. 녀석은 남편의 비명 따위에 아랑곳하지 않고 쫄랑대며 다가갔다. 현관에 올라선 주인의 발이나 다리에 머리를 슥 문질렀다. 반응이 시원찮다 싶으면 한 번 더 문질렀다. 남편은 움찔하는 표정으로 방으로 획, 들어가버렸다. 임무를 마친 녀석은 돌아서서 자신의 영역으로 갔다. 거실과 주방의 식탁 부근을 어슬렁거리다가 쩝쩝 소리 내며 물을 먹었다. 우리 식구 중 가장 영리한 놈이었다.

그런 녀석이 벌써 몇 번씩이나 자리에 오줌을 싸다니. 녀석은 자신도 믿기지 않은 듯 의기소침해했다. 분홍빛 배를 오줌에 절게 만드는 나를 못마땅한 눈으로 쳐다보았다. 나이 탓도 있겠지만 죽과 수분이 많은 음식을 주로 먹었고 환경이 바뀐 탓도 있는 것 같았다.

"집에 가면 한 방에 해결될 거야. 괜찮아. 오줌 좀 싸는 게 뭐 대수라고. 할머니가 나으면 금방 집에 갈 거야."

나는 타월을 걷어내어 세탁기에 던져 넣었다.

녀석은 깊게 잠들지 못했다. 주방에서 소리가 나면 끙끙댔다. 내가 다가가 머리를 쓰다듬으면 다시 눈을 감았다. 그러다 안방에서 갑자기 텔레비전 소리가 크게 들리면 깼다. 나는 주방에서 동생에게 소리 질렀다.

"텔레비전 소리 좀 죽여."

동생은 들은 척도 않았다. 나는 안방으로 가 동생 옆에 놓인 리모컨을 집어 들고 꾹꾹 눌렀다. 음량이 줄어들 때마다 집 안의 모든 물건이 제자리를 찾아가는 것 같았다.

"이 정도로도 잘 들리지?"

동생은 쳐다보지도 않고 고개를 끄덕였다. 리모컨을 넘겨주고 안방을 나오는데 텔레비전 소리가 따라 나왔다. 나는 고개를 절레절레 흔들었다. 동생은 특별히 귀가 나쁘지는 않았다. 아마도 큰 소리에 귀가 익숙해진 모양이었다. 남편도 텔레비전 음량을 있는 대로 올려서 보는 편이었다. 골프 채널을 자주 보았는데 소리를 크게 해서 볼 필요가 없는 프로그램이었다.

한 번 먹을 양만큼 덜어낸 곰탕을 지퍼백에 나눠 담았다. 얼려두었다가 필요할 때 꺼낼 요량이었다. 찜통의 국물이 절반도 줄어들지 않았는데 지퍼백이 바닥이 났다. 나머지는 내일 지퍼백을 사 와서 나눠 담아야 할 것 같았다. 동생이 화장실에 들어갔다. 아홉 시가 넘은 모양이었다. 텔레비전도 오늘은 이만, 작별 인사를 하고 침묵에 들어갔다.

하루에 두 번 병원에 다녀오고 시장을 봐 동생 밥을 챙겨주고 나면 하루가 후딱 지나갔다. 읽으려고 챙겨 온 책은 표지조차 들추지 못했다. 아무것도 한 일이 없었다. 나이에 비례해 시간이 흐른다는 게 사실일까. 그렇다면 남아 있는 날이 얼마 되지 않을 것이다. 어머니도 나도 동생도 커다란 틀에서 보면 조만간 소멸할 존재들이다. 그런데 삶은 왜 이렇게 복잡한 걸까. 10년이나 5년. 좀 더 길거나 짧은 시간의 어긋남 때문에 인간은 너무 많은 일을 겪으며 사는 것 같다. 그럴 가치가 있는 것인지 잘 모르겠다는 생각이 들었다.

동생이 말끔한 얼굴로 절뚝거리며 화장실에서 나왔다.

"건너 아파트에 가서 잘게."

"그게 좋겠다. 옆집에서 또 시끄럽다고 할지도 모르니까."

동생은 맞장구를 쳐준다. 나는 건너 아파트에서 자려면 꼭 필요한 물건을 챙겼다. 자동차에 먼저 짐을 가져다 두고 돌아와 녀석을 안았다. 비 맞지 않게 무릎 덮개를 펼쳐 녀석의 머리 위에 덮어씌웠다.

"내일 아침에 일찍 올게. 문단속 잘 하고 자."

동생은 현관까지 따라 나와 손바닥으로 꼬마의 머리를 몇 번 문질렀다.

"내일 보자. 비 오니까 보일러 켜고 따뜻하게 해놓고 자."

그렇게 말해놓고 동생은 천진한 아이처럼 씩 웃었다.

녀석을 조수석에 눕혔다. 반쯤 잠이 들었던 녀석이 눈을 떴다. 녀석은 공기가 달라진 것을 알았는지 일어나려고 버둥거렸다. 나는 버둥대는 녀석을 무시하고 출발했다.

동생의 아파트는 한 블록 건너에 있었다. 어머니 집에서 백 미터도 떨어져 있지 않았다. 동생이 뇌경색으로 입원했던 서울의 병원에서 퇴원하고 옮긴 곳은 읍내에서 가까운 병원이었다. 어머니 집에서 자동차로 30분 걸렸다.

동생이 발병 후, 처음 입원했던 서울의 대형 종합병원은 일정한 기간이 되면 퇴원을 한 후 재입원하는 절차가 필요했다. 의료보험 규정 때문이라고 했다. 동생은 입원과 퇴원을 반복했다. 1년이 넘자 담당 의사가 다른 병원으로 옮길 것을 권했다. 그곳에서 할 수 있는 것은 이제 없다고 했다. 동생은 목발을 짚고 힘겹게 한 발짝 뗄 수 있게 되었을 뿐이었다.

서울 근교의 재활 병원을 찾아보았다. 적당한 곳이다 싶으면 동생을 태우고 함께 가보았다. 40대의 건장했던 남자가 갈 만한 재활 병원은 드물었다. 퇴원할 날이 다가오고 있던 어느 날 주치의가 중소도시의 병원을 추천했다. 주치의는 그곳 출신이었고, 작은 도시 근처 소읍이 우리의 고향이라는 사실을 알고 있었다. 옮겨간 병원에서 동생은 2년을 있었다. 기적처럼 목발을 버렸고, 왼손을 쓰지 못하고, 절룩거렸지만 혼자 걸을 수 있었다. 거기까지였다. 상태는 더 좋아지지 않았다. 그때 병원 생활을 정리하고 구매한 것이 이 아파트였다.

비밀번호를 누르자 걸림쇠가 풀렸다. 아파트는 방금 도배를 한 것처럼 깔끔했다. 컴퓨터와 침대, 냉장고와 2인용 식탁과 장식장이 전부였다. 주방에는 가스레인지조차 설치되어 있지 않았다. 작은 방에는 옷장 대신 조립식 옷걸이가 있었고, 자잘한 소품이나 속옷 등을 넣는 낮은 삼단 서랍장이 놓여 있었다.

동생은 자기 아파트에서 하룻밤도 자지 않았다. 낮에 들러 컴퓨터

게임을 하거나 인터넷 쇼핑을 하는 게 전부였다. 최근에는 인터넷으로 사 들인 실내 자전거로 운동을 하다가 퇴근하듯 시간 맞춰 어머니의 집으로 갔다. 베란다에 놓여 있는 세탁기나 주방의 냉장고는 방금 포장을 푼 것처럼 깨끗했다. 이곳은 시간이 흐르지 않는 공간이었다. 어떤 것도 시간에 침식당하지 않았다. 화장실 타일 바닥과 세면기, 양변기까지도 금방 설치한 것처럼 반짝거렸다.

바닥이 차가웠고 위쪽 공기는 서늘했다. 집을 따뜻하게 해서 녀석을 껴안고 빗소리를 들으며 잠들고 싶었다. 스위치를 올리려고 보일러실 문을 열었다. 맙소사. 탄식이 절로 나왔다. 플라스틱 호스가 빠져나와 늘어져 있고 밑에는 둥근 대야가 놓여 있었다. 보일러의 전면 케이스는 뜯어져 벽에 세워져 있었다. 보일러 내부는 빨갛고 파란 전선이 어지럽게 뒤엉켜 있었다. 굵고 가는 파이프가 빠져나온 채 멋대로 얽혀 있었다. 아파트를 수리할 때 보일러는 교체하지 않았다. 덩치가 큰 구형 보일러였는데 사용에 문제가 없었다. 지난해 왔을 때만 해도 작동이 잘 되었다. 스위치를 눌러 보일러를 켰다. 빨간 불이 들어오자 모터 돌아가는 소리가 났다. 늘어진 호스를 통해 물이 쏟아졌다. 보일러 몸체가 덜덜 떨었다. 금방이라도 폭발할 듯한 이상한 소리가 점점 커졌다. 가스가 폭발해 집이 통째로 날아가는 게 아닌가 싶어 얼른 스위치를 내렸다. 호스를 통해 쏟아지던 물이 멈췄다. 작동이 잘 안 되자 동생은 보일러를 뜯어 이것저것 닥치는 대로 비틀고 당겨 망가뜨린 것 같았다. 동생은 가끔 그런 식으로 물건을 못 쓰게 만들 때가 있었다.

주로 두 손을 써야 가능한 일을 한 손으로 고집스럽게 시도할 때였다. 불가능하다고 말해도 듣지 않았다.

세탁을 끝낸 커튼을 매달 때였다. 동생이 커튼에 꽂힌 핀을 커튼 레일의 작은 고리에 넣으려고 의자를 끌고 왔다. 나를 도우려는 마음이었겠지만 고맙지 않았다. 의자 위에서 나동그라지면 누가 수습을 하나라는 생각이 먼저 들었다. 위험하니 그만두라고 몇 번이나 말했는데도 듣지 않았다. 집요하게 커튼에 꽂힌 핀을 커튼 레일에 넣으려고 했다. 두 손을 써도 쉽지 않은 일이었다. 한 손으로 쉽게 될 리가 없었다. 시간이 걸리기는 했지만, 동생은 몇 개의 핀을 집어넣었다. 그제야 나는 천천히 하면 되겠다고 생각해 자리를 떴다. 얼마 후 거실로 나와 보니 커튼 레일이 반쯤 구부러져 벽에서 떨어져 있었다. 커튼은 찢어진 채 레일에 매달려 있었다. 핀을 넣다 마음대로 되지 않자 커튼을 잡아당긴 모양이었다. 몇 번이나 커튼 레일이 떨어질 때까지 말이다. 아마 보일러도 그랬을 것이다. 마음대로 되지 않자 누가 이기나 해보자는 심정으로 비틀고 잡아 뜯었을 것이다. 내장을 드러낸 짐승처럼 엉망이 된 보일러를 보자 측은한 마음이 들었다. 현실을 받아들이면 이렇게 상처 입지 않을 텐데 싶었다.

나는 개를 껴안고 침대에 누웠다. 설핏 잠이 들려는데 개가 버둥거렸다. 벌떡 일어나 녀석을 안아 일으켰다. 녀석은 잠시 조용하더니 울기 시작했다. 양철 조각으로 후벼 파는 듯 날카로운 소리였다. 비가 내려 습도마저 높으니 소리는 더욱 잘 퍼져나갈 것이다. 어제처럼 개를 안고 새벽까지 서성댈 수는 없는 노릇이었다. 오줌을 누이자 녀석은 다소 진정되는 듯했다. 그러나 30분도 채 지나지 않아 끙끙 앓았다. 오른쪽 집은 노부부가 살았다. 왼쪽은 누가 사는지 모른다. 어머니 집보다 평수가 작아 소리는 더 잘 들릴 수도 있었다. 개를 달래봤지만, 소용없었다. 녀석이 울 때마다 품에 안고 좁은 집을 뱅뱅 돌았다. 녀석은 끊임없이 낑낑댔고 이따금 허공을 향해 큰 소리로 짖었다. 이런 식이면 동네 사람이 다 깰 것 같았다. 나는 개를 안고 집을 나섰다. 승강기를 타고 내려가 비를 맞으며 주차장으로 갔다. 집에 가서 녀석이 먹을 것이라도 가져올 생각이었다. 배가 부르면 쉬 잠이 들 수도 있었다. 녀석을 조수석에 눕히려고 차 문을 열었다. 굵은 빗줄기가 등으로 떨어졌다.

양손으로 머리를 감싸고 운전석으로 뛰다시피 갔다. 시동을 넣고 전조등을 켜자 불빛 속으로 비가 와르르 뛰어들었다. 와이퍼를 빠르게 작동시켰다. 내리는 비 소리가 녀석의 울음보다 컸다. 조금 숨통이 트였다. 여기서는 마음대로 울어도 좋아. 라는 여유까지 생겼다. 아무리 울어도 빗소리를 이길 수 없는 것을 깨달았는지 녀석의 소리가 조금씩 작아졌다. 천천히 주차장을 빠져나왔다. 바닥에 고인 물이 양쪽으로 갈라지는 느낌이 전해졌다. 비에 젖은 도로는 비어 있었다. 아파트 건너편에 24시간 문을 여는 슈퍼의 불빛이 도로에 길게 누워 있었다.

내부가 훤히 보이는 슈퍼를 지나 어머니의 집으로 가는 골목으로 접어들었다. 모퉁이를 돌자 아파트가 보였다. 담벼락에는 차들이 빼곡히 서 있었다. 나는 헤엄치듯 좁은 길을 헤치며 앞으로 갔다. 후문으로 들어가 차를 세울 공간을 찾아볼 생각이었다.

나는 가로등 불빛을 보면서 차를 몰았다. 불빛이 미치는 곳에만 비가 내렸다. 멀리서 기계음 소리가 희미하게 들려왔다. 아무도 없는 밤이었다. 소리는 끊어지지 않았고 계속 들렸다. 뒷자리에 던져둔 가방에서 나는 소리라는 것을 깨닫는 데 오래 걸리지 않았다. 전화는 가방 속 잡동사니들 사이에 숨어 있을 것이다. 오래된 가로등 옆에 차를 세웠다. 가로등의 노란 불빛이 자동차의 앞 유리에 조금 걸렸다. 비는 불나방처럼 불빛 속으로 날아들어 유리에 부딪혀 흩어졌다. 자디잔 물방울이 사금파리처럼 반짝이며 사방으로 튀었다. 나는 몸을 비틀어 뒷자리로 길게 팔을 뻗었다.

숄더백에 손을 넣고 더듬었다. 지갑, 수첩, 물휴지, 시폰 머플러와 파우치와 무엇인지 짐작이 가지 않는 것들이 두서없이 손에 잡혔다. 허리와 팔을 최대한 뻗었지만, 가방 밑바닥까지 손이 닿지 않았다. 가방을 끌어당겼다. 어딘가에 걸렸는지 숄더백은 조금 딸려 오다가 더 이상 움직이지 않았다. 비는 차체를 우그러뜨릴 듯 사납게 떨어졌다. 푸른 섬광이 잠깐 차 안을 엿보았다. 전화벨은 천둥소리에 묻혀버렸다. 녀석은 놀랐는지 자기 몸통을 내게 화들짝 밀착시켰다.

나는 가방에서 손을 뺐다. 뒤로 뻗었던 몸을 당겨 녀석의 여윈 등을 쓸어주었다. 누가 전화를 했든 나의 대답은 뻔했다.

"비가 내리지만, 여기는 괜찮아. 다 괜찮아."

천둥 번개에 겁먹은 녀석을 무릎 위에 올렸다. 늙은 녀석과 단둘이 빗소리를 듣고 있자니 조금 쓸쓸했다.

어둠 그 너머

어둠 그 너머

얼어오는 발을 녹이려고 나는 바닥을 디딜 때마다 발에 힘을 줬다. 내 손을 잡은 그의 손은 차갑고, 마른 나뭇가지처럼 딱딱했다.

당당하게 치솟은 고층 아파트 단지 옆에 스산해 보이는 공원이 있었다. 아파트에 딸린 공원은 울타리가 없어 어디서든 들어갈 수 있었다. 드문드문 서 있는 공원의 보안등이 헐벗은 나무와 추위에 오그라든 키 작은 관목을 비췄다. 어둠은 도심의 불빛에 쫓겨 구석으로 밀려났다. 희미한 빛이 양팔을 벌려 그와 나의 어깨를 잡아챘다. 우리는 시체처럼 차가운 서로의 손을 잡고 공원 깊숙이 들어갔다. 몇 개의 벤치를 지나쳐 작은 길이 양쪽으로 갈라지는 곳에서 우리는 어두운 길을 택했다.

두꺼운 방한복을 입은 남자가 앞에서 레트리버를 끌고 온다. 덩치 큰 개는 나무 아래에 멈춰서더니 뒷다리를 들고 오줌을 쌌다. 남자는 레트리버가 머뭇거릴 시간도 주지 않고 줄을 당겼다. 덩치 큰 개는 우리를 지나쳐 어둠 속으로 끌려갔다. 개를 꾸짖는 남자의 말소리가 멀어졌다. 개를 산책시킬 생각이었는데, 머리가 깨질 것 같은 추위에 서둘러 돌아가는 모양이었다.

한적한 곳은 어김없이 CCTV가 지켜보았다. 우리는 초조하게 걸음을 재촉하다가 아파트 측면의 외벽 근처에서 사각지대에 놓인 벤치를 발견했다. 그는 뛰다시피 나를 벤치로 끌고 갔다. 나는 그가 급하게 나를 당겨 안을 때의 그 느낌을 좋아했다.

그가 초조한 몸짓으로 내 뺨에 얼굴을 비볐다. 그의 차가운 입술이 뺨에 와 닿자 마치 첫 키스처럼 명치끝이 저릿했다. 꽁꽁 언 발바닥에서 따뜻한 물이 차오르더니 목 아래에서 출렁거렸다. 그는 내 외투를 헤치고 스웨터의 단추를 끌렀다. 손가락이 얼어붙어 그는 몇 번의 시도 끝에 겨우 스웨터 안으로 손을 넣었다. 그의 손이 추위에 움츠렸던 내 가슴을 움켜잡았다. 얼음장 같은 손에 나도 모르게 헉 소리가 터졌다. 차가움에 놀란 것도 잠시, 그의 손길이 닿는 곳마다 얼었던 몸이 녹고, 나는 이내 열에 들뜬다. 그의 입술과 손이 용광로처럼 뜨겁다. 두 발이 공중으로 붕 떠오르며 나른해졌다. 내 몸은 그를 향해 금방이라도 허물어져 내릴 것 같다. 얼굴에 밀착된 그의 뺨이 달궈진 쇠처럼 뜨겁다. 가슴을 만지는 그의 손길에 숨이 막혀왔다.

구부러진 길 저편에서 발짝 소리가 들렸다. 발소리가 가까워지자 거친 숨을 진정시키는 그의 가슴이 쿨렁거렸다. 우리는 입술을 마주

대고 서로의 눈을 쳐다보았다. 장난하다 들킨 아이처럼 그가 한쪽 눈을 찡긋거렸다.

가까이 오는 여자의 배가 부풀어 있었다. 단추를 여미지 못한 외투가 여자의 등에서 망토처럼 펄럭거렸다. 두툼한 장갑을 낀 남자가 두 팔을 앞뒤로 흔들었다. 산책로는 좁아서 팔을 뻗으면 벤치에 닿을 정도였다. 배를 내민 여자가 벤치에 앉아 있는 우리를 지나치며 흘끔거렸다. 희미한 조명 아래 여자의 시선이 순간적으로 내 눈과 엉켰다. 여자는 재빨리 외면하더니 남자의 귀에 대고 속삭였다.

"요즘 사람들은 부끄러움을 몰라."

남자가 무어라 대꾸를 했지만 알아들을 수 없었다. 키득거리며 한심해하는 것 같았다. 두툼한 장갑을 낀 남자와 배가 둥글게 부푼 여자는 고층 아파트와 연결된 길로 갔다. 레트리버를 끌고 가던 남자와 같은 방향이었다.

나는 벤치에서 벌떡 일어났다. 공원 벤치에서 나누는 사랑을 비웃는 여자에게 무슨 말이라도 쏘아붙이고 싶었다. 하지만 그들은 이미 가버린 후다. 무어라 한단 말인가? 우리 옆을 지나며 단순히 주고받은 말일 수도 있었다. 내가 과민하다고 생각하니 더 비참했다. 창마다 환한 불빛을 내쏘는 고층 아파트가 일그러진 내 얼굴을 내려다보았다. 입술을 깨물며 어둠을 노려보는 내게 그가 기죽은 목소리로 말했다.

"가자."

그는 구부정한 자세로 벤치에서 느리게 몸을 일으켰다.

겨우 서른에 그는 노인이 되어버린 것 같았다.

배가 부른 여자의 말에 벌떡 일어나지 말 것을. 그를 거칠게 밀쳐내지 말 것을. 나는 왜 예민해졌을까? 결국 나는 그들의 말처럼 벽이 가려주지 못하는 사랑이 부끄러웠던 것일까?

금방 기가 죽는 그와 내가 측은했고, 무엇 하나 명확하게 결정할 수 없는 공허한 시간과 답답한 상황에 화가 치밀었다.

오늘 카페에만 가지 않았더라면, 골목 안 낡은 모텔에는 갈 수 있었다. 따뜻하고 푹신한 소파에 앉아 마셨던 터무니없이 비싼 커피가 느닷없이 위를 후볐다. 추위에 떨던 우리에게 달리 무슨 방법이 있었을까. 호사를 부린 것은 겨우 커피 한 잔이 주는 잠시의 안락이었다. 내게는 지난주에 이미 한도를 넘은 신용카드, 그에게는 내 손을 넣어줄 빈 주머니가 있었을 뿐이었다.

공원을 나와 버스 정류장에서 버스를 기다렸다. 그는 해소하지 못한 욕구 탓인지 내 욕망을 해소해주지 못한 탓인지 모를 손길로 내 머리를 몇 번이나 쓸어주었다. 마지막 버스가 텅 빈 거리를 터덜터덜 달려왔다. 가까워지는 버스를 보고 있자니 문득 외로워졌다. 그와 헤어지는 시간은 늘 아쉽고 쓸쓸했다. 나는 버스 소음에 내 말이 묻혀버릴까 두려워 외쳤다.

"다음 주에 월급 받으면 우리 여행 가자."

그는 선뜻 대답이 없다. 나는 안타까운 눈으로 그를 보았다. 그의 눈동자에는 도시를 질주하는 차량의 불빛이 빠르게 지나간다. 선량하고 정직한 눈이다. 나는 그의 팔을 잡고 흔들었다.

"주말에 하룻밤만 지내고 오자."

나의 제안에 그의 눈동자가 기쁨으로 출렁였다. 그는 잠깐 눈을 감았다 뜨더니 가볍게 한숨을 내쉬었다. 나는 그가 싫다고 할까 봐 재빨리 말했다.

"머리 식히고 오면 공부가 더 잘 될 거야. 이틀. 아니, 토요일에 떠나 일요일 오전에 돌아오면 딱 하루야. 하루라고."

버스 출입문이 덜컹, 비명을 지르며 열렸다. 그는 아쉬움이 가득한 몸짓으로 잠깐 나를 껴안았다 풀어주었다.

"전화할게."

나는 버스에 오르며 엄지와 검지 그리고 새끼손가락을 펴 귀 옆에 갖다 댔다.

달리기 시작하는 버스에서 고개를 돌려보니 그는 정류장에 그대로 서 있었다. 영하의 기온 속에 돌조각처럼 선 그는 점점 줄어들더니 시야에서 사라졌다.

월급날까지 사흘이 남았다. 월급을 받으면 열흘도 지나지 않아 돈이 떨어지던 때에 비하면 양호하다. 취직 후에 한 것이라고는 대출받은 학자금 일부를 갚은 것뿐이었다. 안정된 직장을 잡고 싶었지만 마음대로 되지 않았다. 시간과 돈을 투자해 요건을 업그레이드해도 중위권 대학 출신인 내가 그럴듯한 기업에 들어갈 확률은 희박했다. 졸업과 함께 리조트 회사에 인턴으로 들어간 것도 운이 좋아서였다. 육 개월의 인턴 과정을 마치고, 나는 본사 비정규직 사원으로 채용되었다. 정규직은 상위권 대학 출신들이 자리 잡고 있었다. 피라미드의 아랫부분은 나를 포함한 지방대, 전문대, 고졸, 그리고 각종 아르바이트 사원이 채웠다. 1년마다 재계약을 했기 때문에 그때마다 발밑이 흔들리는 느낌이었다.

아이러니하게도 불안하게 서 있는 내가 아버지의 자랑거리 중 하나였다.

"내가 비록 아파트 경비지만 자식 둘을 대학에 보냈다고."

아파트는 아버지의 자존심이었다. 식구 중 누구도 살아보지 못했지만 어쨌든 스무 평 아파트는 아버지의 이름으로 등기가 되어 있다.

집 근처 편의점에서 동전까지 긁어 캔 맥주, 네 개를 샀다.

"왜 이렇게 늦었어?"

엄마는 무릎에 담요를 덮고 텔레비전을 보고 있었다. 보일러를 약하게 켜놓은 집은 썰렁했다.

"아빠는?"

나는 캔 맥주가 든 비닐봉지를 흔들며 물었다.

"주무신다. 내일, 일 나가야지."

화장실에서 씻고 나오니 엄마는 벌써 맥주 하나를 따 마시는 중이었다.

나는 바닥에 깔아놓은 담요 밑으로 발을 밀어 넣었다. 얼었던 다리로 실뱀장어가 기어 다니는 것 같았다. 나는 실내복 바지 위로 손톱을 세워 허벅지를 긁었다.

차가운 맥주가 식도를 타고 내려가는 느낌이 너무도 생생해 나는 진저리를 쳤다.

"군대 갔다 오면 다들 인간 된다고 하던데 민규는 왜 하나도 안 변하는지 모르겠다."

엄마가 말했다.

"민규가 왜?"

"아르바이트로 번 돈을 술로 다 없애니 문제지. 봄에 등록금이나 낼 수 있을지 모르겠다."

엄마는 텔레비전에 눈을 박은 채 말했다.

"매일 친구들과 어울려 술을 마시는 모양이더라. 취하면 전화해서 돈 벌어 엄마 다 줄게. 말로만 그래. 나쁜 놈."

엄마의 목소리가 젖어 있었다. 민규의 말이 공수표인 줄 뻔히 알지만 싫지 않은 모양이다. 엄마는 두 개째의 캔을 집어 들었다.

나는 냉장고에서 먹다 남은 반찬과 소주를 꺼냈다. 유리잔 두 개와 젓가락도 챙겼다. 우리 집의 방 두 개는 나와 아버지가 하나씩 차지했다. 군대에 가기 전 민규는 거실에서 잤다. 엄마는 세준 아파트를 팔아 방 세 개인 집으로 옮기자고 노래를 불렀다. 아버지는 요지부동이었다. 아파트를 파는 날, 자기 삶이 끝장나는 듯 굴었다.

엄마는 내 잔에 소주를 따라주었다.

"너랑 이렇게 술 마시니 기분이 좋다."

엄마 얼굴이 발그레해졌다.

"민규와 내가 술을 잘 마시는 건 순전히 엄말 닮았나 봐."

"민규한테 전화해봐."

"늦었어. 벌써 새벽 한 시야."

엄마의 재촉에 나는 전화기를 열면서 중얼거렸다. 민규는 오래도록 전화를 받지 않았다. 전화를 끊으려는데 술에 흠뻑 젖은 목소리가 튀어나왔다.

"누나?"

민규의 목소리 뒤로 왁자한 소음이 배경처럼 깔렸다.

"엄마가 너 집에 언제 오는지 알고 싶대."

엄마가 소주를 홀짝 들이켜며 말했다.

"먹고 싶은 거 없는지도 물어봐."

민규는 "누난, 시집 안 가? 만나는 사람은 없어?"라고 혀 꼬부라진 목소리로 외쳤다. 민규의 말을 무시하고 나는 주말에 집에 오라고 당부했다. 내 말에 민규는 잠시 침묵했다. 나는 민규가 전화를 끊어버릴까 봐 "술 마시고 절대로 오토바이를 타지 말라"고 재빨리 덧붙였다. 민규는 의외로 순순히 알았다고 대답한다. 옆에서 누군가가 바꿔달라고 하는 것 같았다.

"누나, 저 기수예요."

꽤 취한 모양인지 발음이 정확하지 않아 기수인지 지수인지 헷갈렸다. 나는 마치 알고 있다는 것처럼 대꾸했다.

"오랜만이네. 잘 지내지?"

나는 전화기 저편에 있을 얼굴을 떠올렸다. 누굴까? 얼굴이 갸름하고 피부가 하얀 아이. 중학교 때 친구? 몸이 둥그스름하고 선량하게 생긴 애? 아니면 책가방을 옆구리에 끼고 다니던 눈매가 불량스럽던 고등학교 때 친구?

"누나에게 물어볼 게 많아요. 언제 민규랑 함께 갈게요."

나는 "언제든 와."라고 대답했다. 어차피 내일 아침 눈을 뜨면 나와 무슨 말을 주고받았는지 기억도 못 할 것이다. 민규가 전화를 다시 받아 "이 자식. 요즘 괴로운 일이 생겨서 그래. 누나가 이해해."라고 말한 후 전화를 끊었다. 세상에 이해 못 할 일이 어디 있겠니? 다 이해한다. 나는 중얼거렸다. 기수는 20대의 끝을 통과하는 여자의 마음이 궁금한 것일까? 아니면 단순히 그냥 여자가 궁금한 걸까?

"내가 민규 친구들에게 인기는 좀 있나 봐."

술이 들어가 기분이 좋아진 엄마는 내 말에 소리 내어 웃었다. 엄마는 내가 누군가를 만나고 있다는 것을 아는 것 같았다. 하지만 묻지 않았다. 술 때문에 마음이 느슨한 틈에 나는 엄마에게 죄다 털어놓고 싶었다. 하지만 아무 말도 할 수 없었다. 가끔 공원의 벤치나 건물의 후미진 코너에서 그와 재빨리 키스해. 그것이 내가 엄마에게 말할 수 있는 것의 전부였다. 그가 공무원이 되어야 우리의 바람이 실현될 것이다. 그것은 두 번, 세 번 유예될 수도 있었다. 있지도 않은 미래에 현재를 갈아 넣는 것이 아닌지 의심스러운 적도 있었다. 그 희망이란 것이 들어가 살아보지도 못하는 집을 소유하느라 삶을 몽땅 바치는 아버지의 아파트 같은 것일까 봐 두려웠다.

엄마, 행복해? 라고 묻고 싶었지만 나는 언제가 제일 좋았어? 라고 물었다. 나는 왜 과거형으로 말하는지, 엄마에게 미래 따위는 없을지 모른다고 생각하는 것일까? 내가 현재형으로 고쳐 다시 물으려는데 엄마가 말했다.

"널 낳았을 때가 젤 좋았어."

"과거 말고 지금, 이즈음 말이야."

나는 술병을 기울여 엄마의 잔을 채워주었다. 엄마는 실눈을 게슴츠레 뜨고 말했다.

"산은 사람의 몸과 같아. 남자에게는 여자, 여자에게는 남자처럼 느껴진단다."

엄마는 얼마 전부터 시작한 등산에 홀딱 빠져 있었다. 그렇더라도 엄마의 대답은 엉뚱했다. 응? 겨우, 그런 기분이었다. 나는 냉장고에서 소주를 한 병 더 꺼내 왔다. 빈속이나 다름없던 터라 술이 빨리 올랐다.

엄마는 눈을 반쯤 감은 채 술잔을 지그시 바라보았다. 엄마는 이제 아빠와 한방을 쓰지 않았다. 언제부턴지 기억할 수 없었다. 엄마는 왜 살아 있는 아빠의 몸을 외면하고 산에 안기는 걸까? 한 번도 진지하게 생각해본 적이 없던 엄마의 삶을 문득, 이해하고 싶었다. 엄마는 두 손바닥으로 내 뺨을 감싸더니 조용히 내게 입을 맞췄다. 순간 엄마의 몸속 깊은 곳에 웅크리고 있는 무엇이 느껴졌다. 체념과도 같은 무거운 그늘. 두 귀를 틀어막고 절규하고 있는 것 같은 타원형의 물체. 나는 깜짝 놀라 엄마의 얼굴을 보았다. 엄마는 순간적으로 내비친 자신을 부정하듯 스르르 쓰러져 순식간에 잠이 들어버렸다. 엄마의 몸 위에 담요를 덮어주고 소리 죽여 설거지했다. 전등을 끄고 엄마 곁에 누웠다. 좀처럼 잠이 오지 않았다. 나는 엄마의 헐렁한 가슴에 얼굴을 묻었다.

눈을 떴을 때 집은 비어 있었다. 아버지는 출근했고 엄마는 산에 간 모양이었다. 나는 이불 속에서 뒤척이며, 책상에 앉아 있을 그를 떠올리다가 다시 잠이 들었다.

눈을 뜨니 정오가 훌쩍 지나 있었다. 라면이라도 끓여 먹을까 하다가 귀찮아서 포기했다. 그에게 전화하고 싶었지만, 공부에 방해가 될까 봐 문자를 보냈다. 기다려도 답장이 오지 않았다. 공부할 때 전화기를 꺼두는 것을 아는지라 느긋하게 마음먹었다. 냉장고를 뒤져 남은 반찬을 꺼내 늦은 점심을 먹고 나니 심심해서 쓸데없이 집 안을 서성거렸다. 철 지난 패션 잡지를 뒤적이다가, 양말과 속옷을 빨아 널었다.

창 유리에 이마를 붙이고 내다보았다. 옹기종기 모여 있는 다세대 주택의 휴일은 고요하다. 겨울 하늘에 동전 같은 해가 떠 있고, 잿빛 햇살이 유리를 비집고 들어왔다. 서로의 허리를 다정하게 껴안은 남녀 한 쌍이 지나갔다. 그들은 보라와 회색이 섞인 구름무늬 머플러를 각각 두르고 있었다. 나는 머플러 두 개가 한가한 골목을 빠져나가 더는 보이지 않을 때까지 밖을 내다보았다.

그와 함께 떠날 여행 경비를 계산해보았다. 교통비와 식비, 그리고 하룻밤 묵을 방값. 월급의 20퍼센트 이상은 지출해야 할 것 같았다. 아르바이트를 그만둔 지 오래인 그는 돈이 없을 것이다. 생각 같아서는 한 달 월급을 몽땅 털어서라도 그와 여행을 가고 싶었다. 컴퓨터를 켜고 바다 근처의 호텔과 펜션, 민박을 검색했다. 비수기라 빈방이 많았다. 성수기보다 가격도 저렴했지만 내게는 만만치 않은 액수였다. 그와 처음 가는 여행이다. 추억에 남을 만큼 멋진 여행을 만들고 싶었다. 나는 야한 속옷을 파는 사이트를 방문했다. 빨강과 검정 속옷 사이에서 고민하다가 강렬한 색감의 빨간 팬티와 브래지어를 주문했다. 일요일 오후 해가 기울어갔다.

쌀을 씻어 전기솥에 넣고 스위치를 올렸다. 사방이 어두워지는데 엄마는 오지 않았다. 아빠는 내일 아침에나 올 것이다. 10분만 더 기다린 후 전화를 해야겠다고 생각했을 때 엄마에게 전화가 왔다. 전화기로 들리는 쿵쾅대는 음악이 엄마 목소리보다 더 크게 들렸다. 탬버린 소리가 규칙적으로 끼어들었다. 산에서 내려와 저녁을 먹고 노래방에 들렀다고 했다. 엄마는 기분이 좋은 것 같았다. 탬버린의 얇고 작은 쇳조각에서 나는 소리처럼 엄마 목소리가 찰랑거렸다. 이유도 없이 엄마가 즐거운 게 못마땅했다. 나는 퉁명스럽게 빨리 오라고 말하고 툭 전화를 끊어버렸다. 나는 이내 후회했다. 다시 전화를 걸어 재밌게 놀다 오라고 할까 하다 그만두었다. 어차피 엄마는 신경도 쓰지 않을 것이다.

그의 전화는 여전히 먹통이었다. 점심때 보낸 문자에 대한 답신도 오지 않았다. 아무 일도 일어나지 않고 일요일이 지나고 있었다. 생각해보니 그전 일요일도 그 전전 일요일도 그랬다. 창문을 활짝 열고 몸을 반쯤 내밀어 골목을 내다보았다. 어슴푸레하게 어둠이 깔린 골목을 고양이 한 마리가 천천히 지나갔다. 어디선가 생선 굽는 냄새가 바람에 실려 왔다. 혼자 저녁을 먹어야 한다고 생각하니 서글퍼졌다. 차가운 바람에 어깨를 움츠렸다. 방 안 공기가 어느새 싸늘해졌다.

창을 닫고 커튼까지 내리고 거실로 나갔다. 전기솥에서 밥을 퍼 식탁에 앉았다. 하루가 허무하게 지나가버렸다. 내일은 다시 출근해야 했다. 같은 번호를 단 버스나 지하철을 타고 같은 길을 지나 변함없이 같은 계단을 오르내리는 일의 반복이다. 시간은 흘러가는데 달라진 것은 아무것도 없었다. 늘 그 자리였다. 내 삶에 다른 무엇이 있기나 한지 의심스럽다. 만약 지금 이대로 아무것도 변하지 않는다면. 서른보다 먼저 늙을 것 같아 두려웠다.

한 주가 시작되었다. 그에게 내가 계획한 여행 일정을 알려주고 싶었다. 밤 기차를 타고 바다가 있는 도시에 도착해 커다란 통유리창을 통해 출렁이는 바다가 보이는 방을 예약할 생각이라고 메일을 썼다.

'끊임없이 움직이는 바다를 보고 오면 모든 일이 잘 풀릴 것이다. 변하지 않는 것 같지만 바다는 매 순간 움직이며 바뀐다. 마치 우리 인생 같지 않아? 지루하게 같은 일상이 반복되는 것 같지만 같은 순간은 하나도 없다. 시간이 흐르고 나면 너도나도 잘되어 있을 거야. 모든 것을 다 품고 있는 것 같은 바다를 보면 그것을 알 수 있어. 우린 아직 젊으니까.'라고 쓴 메일을 나는 보내지 않았다. 다시 읽어보니 그를 억지로 끌고 가려는 의도가 확연해 낯간지러웠다. 나도 확신하지 못하는 생을 그가 수긍할지 알 수 없었다. 무엇보다 선뜻 예약하기에 부담스러운 방값도 한 이유였다.

그의 태도도 석연치 않았다. 메일을 보내는 대신 전화를 걸어 여행 일정을 알렸더니 그는 듣기만 했다. 그러다 겨우 입을 열고 시험이 가까워 시간을 아껴야 한다고 했다.

그는 커피값은 여자가 내도 술값은 남자가 내야 한다고 생각하는 사람이었다. 시간이 없다는 것은 사실이었다. 신경 쓰지 마, 결혼하면 공동 운명체이니 내 돈, 네 돈 하며 나누는 것은 의미 없다고 설득하기도 애매했다. 그가 내게 결혼하자고 딱 부러지게 말을 한 것도 아니었다. 그의 자존심을 건드리고 싶지 않았다. 나는 토요일에 고시원 앞으로 그를 데리러 가겠다고 했다. 기차만 타면 모든 것은 순조로울 것이다. 서울을 떠나면 어디서든 잠은 자야 할 테니.

수요일에 인터넷으로 주문한 속옷이 배달되었다. 토요일이 오기만 기다렸다. 이전에는 한 번도 경험해보지 못한 감정이었다. 그의 머뭇거림이나 소극적인 태도는 내 발길에 차여 나갔다. 막연한 예감이 사실로 드러난 것은 금요일이었다.

퇴근 무렵 그가 전화했다. 나는 버스를 타고 고시원 앞 정류장에서 내렸다. 고시원 창마다 작은 불빛이 매달려 있었다. 그의 집이자 공부방인 고시원에 나는 한 번도 들어가지 못했다. 여자는 출입 금지였다. 두 평 남짓한 그곳에 그는 1년째 갇혀 있다. 그는 공무원 시험에 두 번 떨어졌다. 5백 명을 뽑는 시험에 몇만 명이 몰렸고, 그는 등수 안에 들지 못했다. 공부를 제법 한다는 소리를 들으며 자란 그는 점점 쪼그라들었다. 바닷가 작은 마을에서 학비를 대준 부모를 봐서라도 봄에 있을 시험에는 반드시 합격해야 했다. 결혼은 공무원이 된 후에나 생각할 일이라고 그가 지나가는 말처럼 중얼거렸다.

몇 달 전부터 그는 최소한의 생활비를 충당하던 아르바이트조차 접고 시험에 매달렸다. 불안하고 초조해 보였지만 그는 잘 견디고 있다. 나는 그의 장래에 내 삶이 온전히 얽혀 있다고 믿지는 않았다. 하지만 기다렸다. 그의 희망이 실현되는 날을. 그래서 그와 공동 운명체가 되는 날을. 이 모순을 어떻게 해야 할지 혼란스럽다. 철이 들면서 나는 단 하루도 혼돈 속에서 빠져나온 적이 없었던 것 같다. 하지만 감각은 습관에 의해 무뎌지는 모양이다. 몇 번의 휴학을 되풀이한 졸업 후, 시간이 내게 선사한 것은 덧칠로 두꺼워진 마음과 순간을 움켜잡는 억센 손이었다.

그는 주말에 시험을 대비한 특강에 참석해야 한다고 했다. 회사 일로 종일 피곤했던 몸이 실망 때문에 반으로 꺾어질 것 같았다. 그가 나를 사랑하지 않을지 모른다는 생각이 얼핏 스쳤다. 그런 내 표정을 읽었는지 그가 허둥대며 말했다.

"여행은 다음에 가자. 내가 꼭 데려갈게."

"언제?"

나는 언제라는 물음표 뒤에 '시험에 합격하면? 또 떨어지면, 그럼. 우리는 평생 여행도 못 가겠네.'라고 쏘아붙이고 싶었다. 또 한편 상처받지 않은 목소리로 '다음에 가면 되지 뭐. 공부 열심히 해. 그럼 다음 주말에는 잠깐 시간 낼 수 있어?' 마음에도 없는 소리를 떠벌리고 싶었다. 나는 실어증에 걸린 것처럼 입이 떨어지지 않았다. 그는 죄지은 사람처럼 낮은 목소리로 말했다. 어쩔 줄 몰라 쩔쩔매는 그를 보니 가슴이 시렸다.

우리는 말없이 밤거리를 걸었다. 여관과 술집이 몰려 있는 골목은 여전히 흥청거렸다. 김 서린 유리를 통해 보이는 술집에는 고기를 굽는 연기가 연통으로 빨려들었고, 취기가 오른 사람들이 커다란 몸짓으로 떠들었다. 술집의 유리문이 여닫힐 때마다 술과 안주와 담배 냄새가 뒤섞인 텁텁한 바람이 빠져나왔다. 공휴일을 제외하고는 이 거리의 밤은 사람들로 늘 북적거렸다. 지하철역과 시 외곽으로 빠지는 버스 정류소가 몰려 있는 탓이었다.

지하 노래방에서 한 무더기의 사람들이 우르르 계단을 밟고 올라왔다. 그들은 흥분이 가시지 않은 목소리로 들뜬 작별을 나누었다. 골목 안쪽에 누군가 벽을 향해 쭈그려 앉아 있었다. 남자가 쭈그려 앉은 여자의 등을 두드려주었다. 남자는 휘청대는 여자를 부축해 네온사인이 유혹하는 화려한 골목으로 걸어갔다. 나는 두 사람이 붉은 빛 속으로 사라질 때까지 지켜보았다. 토사물 냄새를 풍기며 비틀대는 여자의 뒷모습이 그렇게 아름다울 수가 없었다. 그들이 사라진 뒤 나는 한참이나 텅 빈 쓸쓸한 골목을 지켜보았다.

비틀거리는 행인들 사이로 쭉 뻗어 매끈한 다리를 드러낸 여자가 당당한 걸음걸이로 지나갔다. 이곳에 겨울은 존재하지 않는 것 같았다. 흥청대는 공기가 달콤했다. 시큼한 토사물 냄새조차 정겨웠다. 내게 허용되지 않는 이 모든 것들이 너무 사랑스러워 눈물이 날 것 같았다. 나는 그가 골목 끝 수줍게 숨어 있는 모텔로 나를 데려갈 것을 기다렸다. 나는 지갑 속에 여행비로 넣어둔 지폐를 몇 번이나 떠올렸다. 그는 발밑에 엎드린 네온사인 빛을 걷어차며 골목을 나왔다. 눈앞까지 왔던 욕망이 사라지자 추위가 급격히 느껴졌다. 나도 모르게 몸을 떨었다.

"버스 타."

그가 말했다.

순간, 공원의 추위와 어두운 길, 배부른 여자의 난폭한 말과 반짝이던 작은 눈, 낑낑대며 끌려가던 개가 파노라마처럼 눈앞을 지나갔다.

간절히 그를 열망하던 내 몸과 마음이 급속히 식어갔다. 따뜻한 공기가 고인 방의 평화로운 둘만의 시간. 모든 희망이 문을 닫아걸었다. 기대를 버리자 비로소 모든 것이 명징해졌다. 헛된 열망을 벗어나자 자유로워진 것처럼. 공허하고 씁쓸했다.

나는 끝내 아무 말도 하지 않았다. 버스에 오르기 전 나를 포옹하려고 벌린 그의 양 팔을 차갑게 밀쳐버렸다. 나는 그를 외면한 채 버스에 올랐다. 버스가 출발하자마자 금방 후회가 몰려왔다. 나는 고개를 돌려 창밖을 내다보았다. 정류장은 텅 비어 있었다.

골목에서 귀에 익은 오토바이 소리가 들렸다. 기수는 재개발이 되기 전에 살던, 민규의 동네 친구였다. 재개발 지역에 있던 집이 헐려 이사를 나온 것은 민규가 초등학교 5학년 때였다. 그때 헤어진 기수와 민규는 중학생이 되어 다시 만났다. 기수는 한 손에 술과 안주를 가득 담은 커다란 비닐봉지를 들고 있었다. 옛날 산동네에서 살던 때를 떠올려보았지만, 기억 어느 구석에도 기수와 닮은 아이는 없었다. 산에 갔다 온 엄마는 피곤한지 일찍 잠이 들었고 아버지는 근무를 서는 날이었다. 아버지가 집에 있으면 민규는 오지 않았다.

얼마 전 민규는 술을 먹고 오토바이 사고를 냈다. 아버지는 몹시 역정을 내며 민규의 뺨을 때렸다. 복학할 때 등록금으로 쓰려고 모은 돈을 피해자와의 합의금으로 몽땅 날렸기 때문이었다. 그 돈은 민규가 제대 후, 아르바이트를 두 개, 세 개 뛰면서 모은 돈이었다. 누가 벌었든 아버지에게는 허투루 써서는 안 되는 귀중한 돈이었다. 민규는 아버지에게 대들다가 맞았다. 아파트 때문에 아버지를 뺀 가족 모두 불행해졌다고 한 탓이었다. 민규가 따라주는 술을 받으며 나는 말했다.

"네가 좀 참지 그랬어. 아버지는 요즘 부쩍 늙으셨어."

아버지는 작달막한 키와 훌렁 벗겨진 대머리 때문에 나이보다 늙어 보였다. 한 평 남짓한 경비실에서 밤을 새우고 들어오는 날은 지친 얼굴빛이 더욱 초췌했다. 내 말에 민규는 버럭 화를 냈다.

"누나는 분하지도 않아? 아파트 대출금 갚느라 우린 아무것도 못 하고 살았어. 우리는 그렇다 쳐. 엄마가 불쌍하지 않아?"

나는 민규에게 말해주고 싶었다. 요즘 엄마가 얼마나 즐겁게 살고 있는지. 네가 생각하는 엄마는 벌써 오래전 변했다고. 그런데 엄마의 눈 뒤로 얼핏 보았던 어두운 그늘이 떠올랐다.

"그래도 아파트는 남잖아. 그럼 된 거지."

"껍데기만 남은 집? 그거 팔아 전세금 빼주고 남은 대출금 갚으면 아무것도 없어. 우리는 그 집에 들어가 살 수도 없다고. 관리비는 무슨 돈으로 누가 낸대? 누나가? 아빠가? 그 알량한 경비 월급으로."

민규는 화가 나는지 유리컵을 탁 소리 나게 바닥에 내려놓았다. 잔에 있던 술이 사방으로 튀어 올랐다.

"아버지는 솜씨 좋은 벽돌공이었어. 아버지라고 이러고 살고 싶었겠니?"

산동네에 살 때만 해도 아버지는 유능한 기술자였다. 집 근처는 물론이고 때로는 먼 곳에서도 아버지를 불렀다. 그런데 언젠가부터 사람들은 더 이상 작은 집은 짓지 않았다. 산동네의 재건축 아파트가 완공되자 아버지는 그곳에 경비로 들어갔다. 아버지는 밤을 새워 도둑을 지키고, 젊은 주부의 무거운 장바구니를 문 앞까지 들어주고, 때로 막힌 하수구나 변기를 뚫어주었다. 언젠가 아버지는 몹시 화가 나, 빌어먹을, 내가 하인인 줄 안다니까, 라고 역정을 내기도 했다.

나는 오랜만에 집에 온 민규의 마음을 상하게 하고 싶지 않았다. 기수는 고개를 숙인 채 묵묵히 듣고 있었다. 민규도 같은 생각이었던지 누나, 우리 술이나 마시자, 하며 술병을 집어 들었다. 나는 기수의 잔을 채워주었다. 기수는 전문대학을 졸업하고 공장에 들어갔는데 얼마 전 그만두었다고 했다.

"죽어라 일은 하는데 아무것도 나아지지 않아요. 이십 년을 일한 직장 선배가 아직도 셋방 신세인 것을 보고 때려치웠어요."

직장을 그만두자 사귀던 여자가 만나주지 않아 힘들다며 기수는 허탈한 표정을 지었다.

"누나랑 같은 나이예요."

단순히 나이가 같은 이유로 나를 만나고 싶어 하다니, 그 순진함에 마음이 아릿했다.

"세상에 널린 게 여자야. 사랑, 그런 게 어디 있어. 세상은 욕망뿐이야. 만나고 헤어지고 또 만나고. 그런 게 인생이지 뭐 별거야."

술에 취한 민규는 어디서 주워들은 말을 자기 말인 양 떠벌렸다. 슬며시 웃음이 나왔다. 20대 초의 치기가 고스란히 느껴졌다. 비닐봉지에 잔뜩 들어 있던 술이 점점 줄었다.

민규와 기수가 와줘 다행이었다. 혼자였다면 나는 지금 놓쳐버린 열망을 짓씹으며 지옥을 헤매고 있을 게 뻔했다. 꺼지지 않는 분노의 횃불을 들고 모든 것을 태우려 들었을 것이다. 내 몸이 화상을 입는 것도 모르고. 이 아이들 덕에 기분 좋게 술에 젖어 들었다. 나는 기수에게 도움이 될 무슨 말이라도 해주고 싶었다.

"여자는 말이야. 불꽃 같은, 사랑을 원해. 누군가 자신을 여자로 만들어줄 그런 사람이 다가오면 홀라당 넘어가."

"그건 아닌 것 같은데요."

기수의 말에 나는 "열정이 모자랐겠지. 정성이 부족했거나."라고 말하며 기수를 빤히 쳐다보았다. 나는 갑자기 허세를 부리고 싶어졌다.

"여자는 견고한 벽이 있는 공간으로 자기를 데려갈 남자를 기다리지."

"누나 말은 맞지 않아요. 원할 때마다 데려가도 떠나버렸는걸요?"

기수의 말에 민규는 낄낄대며 웃었다.

"누나가 언제 연애를 해봤어야지."

"얘가 나를 무시하네. 내가 얼마나 지독한 사랑을 하고 있는지 보여줄까?"

나는 비틀거리며 일어나 전화기를 가져왔다.

손가락이 제대로 움직여주지 않지만, 번호를 정확히 눌렀다. 기수와 민규는 자신들의 얼굴을 내 양쪽 귀에 바싹 갖다 붙였다.

닿을 수 없는 먼 곳에 신호가 날아간다. 열 번 스무 번, 기계 속 여자가 등장해 통화는 글렀으니 끊던지 혼자서 중얼거리든지 양자택일을 하라고 짜증을 냈다. 나는 그녀를 무시하고 재차 발신 버튼을 길게 눌렀다. 그를 향해 공중으로 쏘아 올린 내 마음이 거듭 추락했다. 술을 핑계로 장난 전화를 하는 것이니, 나는 자존심 다칠까 걱정하지 않아도 된다고 믿는 척했다. 그는 전화를 받지 않았다. 술이 깨고 있었다. 장난으로 위장했지만, 그가 여전히 내 곁에 있는지 확인하고 싶었다. 내가 집요하게 버튼을 누르자 민규는 누나, 취했네. 라고 중얼거리며 엄마가 자는 방으로 엉금엉금 기어갔다.

전화기를 잡고 씨름을 하는데 왈칵 눈물이 쏟아졌다. 양 볼을 타고 걷잡을 수 없게 눈물이 흘렀다. 마신 술이 죄다 눈물이 된 것 같았다. 기수가 손바닥으로 내 눈물을 닦아주었다. 내가 울음을 그치지 않자 기수가 혀를 내밀어 눈물을 받아먹었다. 내 등을 토닥여주는 기수의 손이 사방에 벽이 쳐진 방으로 데려가려고 내민 손으로 느껴졌다. 나도 모르게 기수의 목을 와락 껴안았다. 기수의 입술 위로 내 입술을 가져갔다. 미지근한 눈물 때문에 맞닿은 얼굴이 미끈거렸다. 기수는 내 입에 자신의 축축한 혀를 밀어 넣었다. 기수의 혀는 장마에 불어난 강물처럼 온갖 냄새를 풍기며 나를 물속으로 끌어당겼다. 나는 기수의 옷자락을 거칠게 움켜잡았다.

이 순간, 놓치고 싶지 않았다. 누군가의 몸과 섞여 들어 더 이상 내가 느껴지지 않는 절정의 평화. 세상에 존재하는 모든 것이 용해되고 뒤섞여 바닥으로 가라앉는 부드러운 안온함. 온전히 여자가 되는 나른한 신비의 순간. 생에서 이런 순간만 이어진다면. 기수가 옷자락을 헤치고 내 가슴을 한 입 베어 물었을 때 문득 눈을 떴다.

방 안 풍경이 눈에 들어왔다. 빈 술병이 널브러져 있고 색 바랜 담요가 아무렇게나 내던져져 있다. 주방의 하얀 타일 벽은 기름때가 묻어 얼룩덜룩하다. 비죽이 열려 있는 방문 뒤에 엄마와 민규가 가로 세로로 엎드려 자고 있었다.

"여기가 아니야."

나는 기수를 밀치고 벌떡 일어났다. 기수가 어리둥절한 눈으로 나를 올려보았다. 외투를 걸치고 기수를 일으켜 세웠다. 가지런히 정리해 둔 여행 가방을 찾아 열고 인터넷으로 산 속옷을 꺼냈다. 피처럼 붉은 속옷을 외투 주머니에 쑤셔 넣고 가방은 구석에 던져버렸다.

집을 나온 기수와 나는 안전모를 단단히 여몄다. 겨울바람이 스며들지 못하도록.

오토바이는 길게 불빛을 끌며 달렸다. 총을 쏘는 것 같은 소리가 낡은 오토바이를 줄기차게 따라왔다. 기수는 차량 통행이 뜸한 틈을 타 곡예 하듯 지그재그로 곡선을 그리며 달렸다. 오토바이와 일체가 된 몸이 좌우로 부드럽게 울렁거렸다. 희미한 등이 밝혀주는 공원과 성채처럼 견고하게 치솟은 고층 아파트 단지가 지나갔다. 도시는 밤이 깊어가는 것도 모르는 채 꿈틀대고 있었다.

마지막 버스를 기다리던 버스 정류장이 다가왔고, 그 뒤쪽 멀리에 도심 불빛에 반쯤 부서진 고시원이 보였다. 그를 결박하는 것은 고시원이 그에게 준다고 믿는 세계에 대한 환상이 아닐까. 아침이 되면 빛을 잃는 도시의 무수한 불빛처럼. 고시원의 허름한 외벽에 빼곡히 붙은 손톱 크기의 창들이 차츰 뭉개졌다. 고개를 돌려 돌아보는 대신 나는 기수의 허리를 껴안은 손에 힘을 주었다. 모든 희망을 거부하는 것처럼 나는 눈을 감았다.

자동차 전용도로에 들어서자 택시 운전자가 창문을 내리고 주먹을 휘두르며 눈 깜박할 사이에 오토바이를 추월했다. 멀리서 들리던 사이렌 소리가 점점 가까워졌다. 죽어가는 환자의 마지막 호흡처럼 구급차는 헐떡이며 곁을 지나갔다.

자동차 전용도로가 끝나는 곳에서 외곽 도로를 따라 도심을 빠져나왔다.

오토바이는 가로등도 없는 초라한 길을 달렸다.

하늘에는 희미한 별빛만 있고, 앞에는 지독한 어둠이 놓여 있었다. 나는 비로소 알 것 같았다. 이 길 끝에 역시 아무것도 없다는 것을. 이따위 고물 오토바이로 아무리 달려봤자 결코 바다에 도달하지 못할 것을. 나는 아무것도 만나지 못한 채 얼음덩어리가 되어 산산이 부서질지 모른다고. 하지만 멈추고 싶지 않았다. 누군가의 몸을 안고 달리는 동안은, 그게 누구든, 길이 뻗어 있는 한 달리고 싶었다.

물 밖으로 뛰어오른 물고기처럼 반짝이며,

오토바이는 빨려들 듯 새로운 어둠 속에 뛰어들었다.

얼어붙은 눈물이 떨어지자, 세찬 바람이 날려가버린다.

엄마의 정원

엄마의 정원

비닐 팩을 기울여 오줌을 비웠다. 새벽에 한 번 소변을 비운 터라 양이 많지 않았다. 기화는 오줌이 새지 않게 비닐 팩의 가느다란 호스를 꺾어 침대에 도로 걸었다. 전화기에 500cc 소변량을 메모하는데 주치의와 간호사가 왔다.

"25일 저녁에 응급실로 들어온 환잡니다."

간호사의 말에 주치의가 알고 있다는 듯 고개를 끄덕였다.

"내일 무릎 골절 부위를 핀으로 고정하는 수술을 할 겁니다."

기화는 마스크 위에 나와 있는 주치의의 눈을 보며 물었다.

"수술 시간이 얼마나 걸릴까요?"

"척추 마취를 할 예정입니다."

의사는 엉뚱한 대답을 하면서 어머니의 왼쪽 무릎에 손을 갖다 댔다. 두꺼운 깁스 위를 만졌을 뿐인데, 어머니는 신의 손길이라도 스친

듯 얼굴이 환해졌다.

"언제 걸을 수 있나요?

어머니의 물음에 주치의가 다독이듯 말했다.

"어르신, 내일 수술 받고, 식사 잘하시면 금방 나아요."

의사는 창조주 같은 믿음으로 어머니를 안심시킨 후, 병실 안쪽 창가로 갔다. 고관절 골절로 입원한, 907호 병실에서 가장 고령인 노인 침상이었다. 주치의가 "할머니, 좀 어떠세요?" 큰 소리로 물었다. 노인은 검버섯이 핀 손을 들며 자신을 일으켜달라고 애원했다. 주치의가 친절하게도 노인의 손을 잡아주었다. 노인은 의사의 손을 지렛대 삼아 몸을 일으키려고 애썼다.

"어머니, 움직이면 안 돼요."

노인의 며느리가 끼어들었다. 귀가 어두운 노인에게 며느리는 늘, 고함치듯 말했다.

"한 숟갈만 더 드세요. 밥 남기면 아들, 다시는 못 봐요. 움직이면 안 돼요. 가만히 계셔요"

며느리는 노인의 귀에 욱여넣다시피 소리를 지른다. 이들의 대화는 소음에 가깝다. 기화는 가끔 이 둘을 창밖으로 던져버리고 싶은 충동이 일었다. 그럴 때면 핸드폰을 보는 척하며 마음을 감췄다. 뺨을 만지면 손바닥에 붉은색이 묻을 것 같아서 고개를 숙여 얼굴을 가렸다.

노인은 85세. 치매에 신장 투석을 하는 중증 환자였다. 의사는 내일 오전에 노인의 넓적다리 관절 수술을 한다고 했다. 907호 병실은 내일, 두 명의 수술이 잡혀 있었다.

의사와 간호사가 병실을 나가자 옆 침대 여자가 텔레비전을 켰다. 어머니가 아침 드라마가 나오는 텔레비전에 시선을 옮기며 말했다.

"기화야, 커피 있어?"

기화는 반색했다.

"엄마, 커피 마시고 싶어?"

어머니는 아침도 두어 숟갈 뜨다 말았다. 처음엔 무릎뼈가 부서진 충격에 식욕이 떨어진 거라 여겼다. 영양을 공급해야 뼈나 세포도 회생할 힘을 낼 것이었다. 기화는 한 숟갈이라도 더 먹게 하려고 잔소리를 하고, 협박도 하고, 달래봤지만 소용없었다. 불안한 마음에 어제 아침 영양수액을 신청했다.

며느리는 방울방울 떨어지는 뿌연 액체를 가리키며 소곤댔다.

"저거 한 팩이 달걀 한 개 먹는 거와 같대."

달걀 한 개도 아쉬운 참이라 기화는 눈만 껌벅였다.

기화는 사물함에서 커피믹스 두 개와 컵을 꺼냈다. 공용 주방에 가려고 병실을 나오는데 "딸, 함께 가." 며느리가 불렀다. 주치의가 다녀간 뒤 노인도 평안에 든 모양이었다. 그녀는 기화보다 몇 살 아래지만 서로 '딸', '며늘'이라 부르며 말을 텄다.

커피믹스를 컵에 붓고 정수기에서 뜨거운 물을 받았다. 기화가 커피를 젓는 동안 며느리는 보온병에 물을 받았다. 점심때 컵라면을 먹을 거라 했다. 싱크대와 나란히 놓인 세탁기가 스르륵 스르륵 소리를 내며 돌고 있다. 공용 주방에는 정수기와 코인 세탁기와 전자레인지가 있었다. 가스레인지와 주방 도구는 없었다. 기화는 가방에 뭉쳐둔 속옷과 땀에 젖은 티셔츠를 떠올렸다. 강 건너 도심의 대형 마트에 가서 옷가지를 살 수 있으면 공용 세탁기를 사용하지 않을 생각이었다. 어머니를 이송한 구급대원의 전화를 받고 급한 마음에 손에 잡히는 대로 가방에 넣은 것이 속옷과 티셔츠 각 한 장이었다.

며느리가 보온병 뚜껑을 닫으며 말했다.

"노인은 고관절이나 다리가 부러지면 못 일어나. 침대에 누워 천천히 죽어가는 거지."

어머니는 일흔셋. 무릎이 부서졌다. 기화의 얼굴이 어두워지자 며느리가 보온병을 든 팔꿈치로 기화의 팔을 툭 쳤다.

"우리 어머니가 그렇다는 거지, 그쪽 어머니는 걱정하지 마. 요즘 일흔셋은 노인도 아니야."

시어머니를 윽박지를 때와 달리 며느리의 목소리는 크지 않다.

"우리 어머니는 여기가 마지막일지 몰라."

기화는 이럴 땐 무슨 말을 해야 할지 난감했다. 적당히 위로하기에 서로를 너무 잘 알았다. 한 병실에서 일주일, 24시간을 온전히 붙어 있었다. 전전한 병원과 병력, 가족 갈등과 생계 수단, 대략의 형편을 파악하기에 충분한 시간이었다. 며느리는 시어머니의 마지막을 편히 보내주고 싶어 했다. 기화는 인연이 짧았던 시어머니를 떠올렸다. 아마 여전히 건강할 것이다.

“남편을 많이 좋아하나 봐.”

기화가 정작 하고 싶었던 말은 ‘사랑하나 봐’였다. 며느리가 고개를 젖혀 복도 천장을 보며 걸었다.

“우리 어머니가 아들 복이 있는 거지.”

노인이 팔목에 꽂힌 링거 바늘을 뽑으려 허우적대며, 자기를 일으켜달라고 소리 지르면 며느리는 노인의 귀에 대고 더 큰 소리로 말했다.

“밥 잘 드시고, 주사 잘 맞고, 얌전히 있으면 어머니 보러 금방 아들이 온대.”

며느리가 간병인인 줄 아는 치매 노인은 며느리에게 존댓말을 했다.

“우리 아들, 언제 온대요?”

“약 먹고 한숨 자면 온다 했어요. 그러니 얼른 주무세요.”

아들이 온다는 말에 노인은 금방 조용해졌다. 잠이 오지 않는데도 눈을 감았다.

기화는 가끔 며느리에게 감탄했다. 병원 밥을 남기는 어머니에게 짜증밖에 낼 줄 모르는 자신이 한심했다.

커피를 들고 오니, 링거 거치대에 금식 표지가 붙어 있었다. 기화는 침대 반쪽을 올려 어머니의 등을 세웠다.

"저녁부터 금식이네. 많이 먹어야 수술받을 기운이 나지. 엄마, 요구르트나 과일 줄까?"

"수술받으면 소변줄 뺄 수 있나? 화장실도 혼자 갈 수 있겠지?"

어머니는 커피를 한 모금 넘기며 물었다. 기화는 어이없는 얼굴로 어머니를 쳐다보다가 문득 깨달았다. 밥을 먹지 않는 이유를. '엄마는 환자야, 침대에 누워 똥, 오줌을 쌀 특권이 있다고. 많이 먹고 잘 자고, 빨리 낫는 게 날 돕는 거야.' 기화는 목구멍까지 나온 말을 꿀꺽 삼켰다. 생각해보니 그동안 소변만 비웠지, 대변을 처리한 기억이 없었다. 어머니 스스로 일어날 수 없는 처지니 변을 보지 않은 게 일주일이었다. 병원 밥이 맛없어서가 아니라 대변 때문이었단 말인가.

기화는 자신도 모르게 창가 쪽을 보았다. 커튼이 쳐져 있고, 열어놓은 창으로 뜨거운 열기가 들어왔다. 실내 공기가 후덥지근했다. 커튼이 냄새까지 막을 수는 없었다.

한참 후, 커튼을 젖히고 나온 며느리의 이마에 땀방울이 송송 달렸다. 얼굴이 발갛게 달아 있었다. 며느리는 비닐장갑을 낀 손으로 바닥에 뭉쳐둔 기저귀와 물휴지를 쓸어 모았다.

옆 침대 여자가 코를 감싸 쥐고 침대 아래로 두 다리를 천천히 내렸다. 무릎에 인공관절 수술을 받고 재활 중이었다. 여자는 보행기를 밀며 천천히 병실을 나갔다. 어머니가 병실을 걸어 나가는 여자를 부러운 눈으로 보았다. 기화는 어머니의 손에서 빈 컵을 받아 들었다.

"주방에 가서 컵 씻어 올게."

기화는 도망치듯 병실을 빠져나왔다.

복도 창턱에 앉아 있던 옆 침대 여자가 기화에게 손짓했다.

"냄새가 나서 숨을 쉴 수 있어야지."

기화가 다가가자 여자가 코를 감싸 쥐는 시늉을 했다.

"어머니가 돈이 많아?"

기화는 '그게 무슨 말인지?'라는 표정으로 여자를 보았다. 육십 중반의 여자가 눈을 가늘게 만들며 웃었다.

"농담이야. 우리 딸, 아들은 물론 며느리조차 코로나 핑계로 코빼기도 안 보이네."

기화는 적절한 말을 찾지 못해 잠자코 있었다.

"하긴 뭐, 수술하고 하루 만에 걸으라니, 큰 병은 아닌 게지. 그쪽도 아들, 며느리는 안 왔지?"

"둘 다 서울에서 직장을 다니고, 코로나 때문에 면회가 안 되니 오지 말라고 했어요."

여자는 신중하게 주변을 둘러보더니 비밀이라도 털어놓을 것처럼 속삭였다.

"지하 주차장 서편 입구로 오면, 코로나 검사대를 거치지 않고 엘리베이터를 탈 수 있어. 간병사들이 몰래 드나드는 비밀 통로야."

기화는 "병원에 코로나가 유입되면 큰일이잖아요. 간호사실에 알려야 하지 않나요?"라고 했다. 순간 여자의 얼굴이 일그러졌다.

"서울 산다는 동생이 면회를 오면 병실에 오지도 못하고 갈까 해서 해준 말인데."

여자는 보행기를 홱 당기며 일어섰다.

"간호사실에 일러바쳐도 좋은데, 나한테 들었다고는 하지 마."

기화는 여자가 퉁명스럽게 쏘아붙여 당혹스러웠다.

그저께, 점심시간에 여자는 자신의 식판을 기화에게 내밀었다.

"방금 뭘 먹었더니 입맛이 없네. 식당에 가서 밥 사 먹지 말고 이거 먹어."

기화는 어머니와 실랑이하느라 진이 빠진 상태였다. 어머니 손에 숟갈을 쥐여주려고 애를 쓰며 "괜찮으니 식사하시라"라고 여자를 보지도 않고 말했다. 기화의 거절에도 여자는 몇 번이나 기화에게 식판을 내밀었다. 병실에는 네 명의 환자와 며느리와 한 명의 간병인을 합쳐 총 일곱 명이 있다. (침대 하나는 비었다) 사람들은 기화가 여자의 식판을 받을지를 주시했다. 종이처럼 가벼운 일이 이곳에는 두개골을 짓누르는 두통처럼 무거웠고, 사소한 몸짓이 바다를 건너는 나비의 날갯짓처럼 폭풍으로 휘몰아치기도 했다.

일러바친다니, 내가 유치원생인가, 어쩜 말을 해도, 기화는 중얼거렸다. 기화는 환자들이 코로나라도 걸리면 큰일이라는 의미였다고 해명하고 싶었다. 비밀 통로가 찜찜한 건 사실이었다. 하지만 병원에 알릴 의도는 전혀 없었다. 시내 마트에 갈 수 있을까, 라는 생각을 잠깐 했고, 남동생 내외에게 어머니와 둘만의 시간을 방해받고 싶지 않았다. 여자가 발끈한 것은 거절한 식판의 무게가 더해진 것일지 모른다.

남자 간호사가 어머니를 3층 수술실로 데려갔다. 수술실 앞에서 기화는 어머니의 손을 꼭 잡았다.

"엄마, 한잠 자고 눈 뜨면 돼. 푹 자고 일어나."

어머니는 순순히 고개를 끄덕였다. 어머니의 침대가 수술실로 천천히 들어갔다.

수술이 끝나기를 기다리는 사람들이 대기실 의자에 앉아 있었다. 기화가 빈자리를 찾아 기웃거리자 간호사가 말했다.

"다섯 시 넘어야 끝날 겁니다. 수술 끝나면 환자를 모셔드릴 테니, 병실에 올라가 계세요."

남자 간호사는 키가 컸다. 짙은 눈썹과 쌍꺼풀 없이 기다란 눈과 곧은 콧날, 기화가 '헤어지려고' 생각하는 그와 닮았다. 마스크를 벗으면 20대의 풋풋했던 그의 얼굴이 드러날 것 같았다. 막 도착한 엘리베이터가 한 무더기 사람들을 토해내고 다시 빨아들였다. 간호사는 긴 다리로 성큼 엘리베이터에 올랐다. 몸피 작은 기화가 들어갈 공간이 충분했지만 기화는 그를 떠올리게 하는 남자 간호사와 엘리베이터를 타는 것이 부담스러웠다. 엘리베이터 문이 닫히고 기화는 실소했다. 병원이 멀쩡한 사람을 환자로 만드는 것 같았다.

대기실을 뒤로하고 유리문을 향했다. 문을 열고 나가자 정면에 물이 흘러내리는 높은 벽이 나타났다. 가로가 세로보다 세 배쯤 길었고, 아래 바닥은 물을 모으는 수조로 되어 있었는데, 활짝 핀 나팔꽃 모양 분수 여러 개가 나란히 물을 뿜어 올렸다. 벽을 이용해 만든 미니 분수대였다. 한 벽이 미니 분수대인 중앙 냉난방 장치인 사각 건물을 중심으로 잔디와 키 작은 꽃을 심고, 벤치를 놓았다. 판석이 깔린 작은 길은 휠체어 두 대가 엇갈려 겨우 지날 수 있는 넓이였다. 네모난 정원을 한 바퀴 도는 데 5분도 안 걸렸다. 네모난 하늘과 앙증맞은 분수, 손바닥만 한 잔디밭과 잘 손질된 오종종한 꽃들.

기화는 벤치에 앉았다. 로비와 식당, 카페 같은 편의 시설이 있는 1층, 검사실과 진료실이 들어 있는 2층이 발아래에 있었다. 정원은 3층에서만 드나들 수 있었다. 네모난 하늘에 살짝 기울어진 태양이 떠 있었다. 높은 벽에 갇힌 공기가 나갈 곳을 찾아 위로 부풀었다. 기화는 물을 꽃으로 바꾸는 분수를 바라보았다. 정원은 이상하리만치 고요하다. 40년 만에 닥친 더위가 사람들을 실내에 묶어두었다. 벤치는 뜨거웠고, 정수리도 뜨거워졌다. 마스크 속 숨쉬기처럼 기화는 이 모든 게 답답했다. 뒤엉킨 실뭉치를 들고 있는 느낌. 사방이 닫힌 정원에서 기화는 땀을 흘리며 앉아 있었다.

어머니는 여섯 시가 가까워 수술실을 나왔다. 녹색 수술복과 두건을 쓴 간호사가 마취 깨는 데 시간이 걸렸다며, 자정까지 물을 포함해 어떤 것도 먹으면 안 된다고 했다.

병실에 올라온 어머니는 자다 깨기를 반복했다. 무릎이 아프다고 할 때마다 마약 성분 진통제가 주입되는 버튼을 눌렀다. 너무 자주 눌렀는지 어머니는 토할 것 같다고 호소했다. 속을 긁어 올리는 소리와 함께 어머니는 노란 위액을 조금 내놓았다. 목마르다고 하는 어머니에게 지금은 아무것도 줄 수 없다고 하자 화를 냈다. 어머니는 춥다고 몸을 떨고, 무릎이 아파 참을 수 없다고 불평하다가, 급기야 물을 달라고 소리 질렀다. 어머니의 고함에 옆 침대 여자와 그 옆 환자, 창가 노인과 며느리까지 잠을 깼다. 열두 시까지는 50분이나 남았다. 잠을 깬 사람들이 침대에 누워 한마디씩 위로의 말을 했다.

"얼마나 괴로우면 저럴까? 평소에 얌전하던 분이, 조금만 참아요."

모두 수술한 경험이 있어 이해한다는 투였다. 하지만 어떤 말도 도움이 되지 못했다. 급기야 어머니는 기화에게 욕을 퍼부었다.

"이년아, 내가 죽은 후에 그런 소릴 지껄여라."

쩔쩔매는 기화가 딱했던지 며느리가 다가왔다.

"간호사에게 가서 물 줘도 되는지 물어보고 와."

며느리가 기화의 등을 밀며 병실 밖으로 데려갔다. 기화를 어머니에게서 잠시라도 떼어놓으려는 의도였다.

간호사는 사고 나면 책임질 수 없다고 잘라 말했다. 평소 친절하던 모습은 없었다.

누군가 병실 전체 전등을 켰다. 잠이 완전히 달아난 모양이다.

"엄마, 물 먹으면 안 된대. 조금만 참아."

"사람이 죽을 지경인데 왜 못 마시게 해. 다시 가서 물어봐."

어머니 입에서 무슨 소리가 터져 나올지 두려울 지경이었다. 기화는 기억을 잃은 사람처럼 방금 갔던 간호사실로 다시 갔다. 간호사는 단호하게 고개를 저었다.

병실 앞에 서 있던 며느리가 손바닥 크기의 거즈를 주었다.

"거즈에 물 묻혀 입 안을 닦으면 갈증이 가실 거야. 그렇게라도 해 봐."

10년째 시어머니 병구완을 하는 며느리였다. 기화는 거즈를 들고 망설였다. 만약 사고가 나면 병원이 책임지지 못한다는 간호사의 말이 걸렸다. 기화가 머뭇대자, "간호사에게 물어보고 와." 며느리가 등을 밀었다. 간호사가 할 수 없다는 듯 말했다.

"물기를 없게 해서 입 안을 닦아야 합니다. 물이 목을 넘어가면 절대 안 됩니다."

몇 번이나 강조했다.

기화는 생수병을 기울여 거즈를 적신 후 얇은 면이 찢어지도록 비틀었다. 젖은 거즈가 마른 입에 닿자 어머니는 다소 진정되었다. 기화는 어머니가 거즈를 삼켜버릴까 조마조마했다.

자정 지나 마신 물 한 컵에 어머니는 잠이 들었다. 전등이 꺼지고 병실에 비로소 평화가 찾아왔다. 긴 하루였다.

극심한 고통의 시간이 지나자 다른 문제가 불거졌다. 어머니는 열흘 넘도록 대변을 보지 못했다. 담당 간호사가 준 변비약을 먹은 다음 날, 어머니는 기화를 급히 불렀다.

"화장실 가야겠다."

기화는 재빨리 사물함을 열고 종이 기저귀를 꺼냈다. 어머니가 수술받는 동안 1층 의료용품점에서 사두었다. 기화는 커튼을 당겨 침대를 가렸다. 바지를 벗기려 하자 어머니가 기화의 손을 쳐냈다.

"날 부축해 화장실로 가."

"의사 선생님이 움직이지 말라고 했잖아."

기화는 종이 기저귀를 엉덩이 옆에 펼쳤다.

"바닥에 날 내려줘. 기어가면 돼."

"수술한 무릎으로 어떻게 기어."

기화가 바지 끈을 당기자 어머니가 기저귀를 집어 바닥으로 내던졌다.

기화는 마취 때문에 어머니가 판단이 흐려진 것인가 생각했다. 병실 화장실은 좁아 수액 거치대도 들어가지 못했다. 수액 거치대를 화장실 밖에 두고 문을 반쯤 닫고 사용했다. 어머니는 왼 다리를 앞으로 뻗고 있어 화장실 문도 통과할 수 없었다. 기화는 바닥에 떨어진 기저귀를 주워 들었다. 고집을 부리는 사이 어머니는 어쩔 수 없이 똥을 쌌다. 그 많은 똥이 어디 숨었다가 끝도 없이 나오는지 알 수 없었다

물휴지 한 통을 다 썼다. 대야에 물을 받아 몇 번이나 엉덩이를 씻

었다. 침대 시트를 갈고 바지를 입히려고 보니 깁스의 허벅지 부분에 변이 묻었다. 부서진 무릎을 고정하고 있는 깁스에 함부로 손을 댈 수 없었다. 어머니의 아랫도리를 이불로 덮고 간호사실로 달려갔다. 기화가 더듬거리며 사정을 말하자 간호사가 심상한 목소리로 "기다리세요."라고 했다.

간호사가 붕대 뭉치를 들고 왔다. 석고 대를 고정한 붕대를 풀어내고 새 붕대를 감았다. 어머니의 허벅지 사이가 무방비로 드러났다. 기화는 자신이 태어난 어머니의 깊은 곳을 처음 보았다. 하얗게 변한 음모가 성글게 나 있었다. 자신의 생명이 시작된 그곳은 인생의 종착역처럼 지치고 쓸쓸해 보였다. 어머니가 똥오줌을 받아내며 자신을 키웠다고 생각하자 헛구역질을 한 자신을 쥐어박고 싶었다. 어머니는 충격을 받아, 의기소침한 얼굴로 자는 척했다. 며느리가 웃는 것도, 찡그리는 것도 아닌 묘한 표정으로 기화를 보았다. 그 얼굴만으로 기화는 위안을 받았다.

사물함에서 어머니의 옷을 꺼냈다. 검은 바탕에 붉은 모란꽃이 프린팅된 인견 원피스였다. 활짝 핀 모란이 부담스러웠지만 어쩔 수 없었다. 샤워장에서 몸을 씻고 원피스로 갈아입었다. 입던 옷은 뭉쳐서 비닐봉지에 넣고 주둥이를 묶었다. 종아리까지 내려오는 원피스는 위아래 폭이 비슷한 내리닫이였다. 탄력 없는 인견이 걸을 때마다 걸리적거렸다. 어머니가 넘어진 것이 원피스 때문이 아닐까 싶었다.

어머니는 가늘게 코를 골며 자고 있었다.

부재중 전화와 카톡이 와 있었다.

—기화야, 천천히 시간을 갖고 생각해. 당장 결정하지 않아도 괜찮아. 네가 어떤 선택을 하더라도 우리는 예전처럼 지내는 거야. 도망가지 말고, 전화 좀 받아. 보고 싶어서 그래.

—오피스텔에 들렀는데 편의점에 간 줄 알고 기다리다 밤을 새웠어. 동생에게 전활 했더니 병원에 있다고 하더구나. 유괴당하지 않은 거 알았으니 안심!

뱀 발 : 어머니는 어떠셔?

—간병 힘들 텐데 나 부려먹어. 대기 중이야.

—가족은 면회할 수 있지? 예비 사위도 가족인데, 잠깐 얼굴 보러 갈까? 청량리역에서 KTX 타면 2시간 걸리던데.

—전화 충전 좀 해. 편의점에 충전기도 팔아. 기화야. 대답해. 오버!!

—오피스텔에 가서 청소기 돌리고, 설거지하고, 세탁기도 돌렸어. 출판사 일이 바쁜 와중에도 환경 정리 해놓았어. 너 오면 편히 쉬라고.

뱀 발 : 세탁은 빨리 해치우는 게 위생상 좋아.

—이번 일요일에 갈게. 알지? 나 한다면 하는 거.

—불시에 습격받기 싫으면 전화 받아.

기화는 병실을 나가 야외 주차장과 헬기장이 보이는 창가로 갔다. 신호가 떨어지자 그가 전화를 받았다. 기화가 책 읽듯 담담하게 말했다.

"오지 마. 면회 안 돼. 와도 못 만나."

그가 굳이 온다면 1층 스타벅스에서 잠깐 만날 생각을 했는데 의외로 순순히 포기했다. 기화는 수술 경과를 간단히 설명했다. 한 달은 병원에 있어야 하니 가끔 기화의 오피스텔에 들러 화분에 물을 주라고 부탁했다. 그와 몇 마디 말을 나누는 것만으로 피로가 풀렸다. 속옷이 필요하다면 그는 양손 가득 팬티를 들고 나타날 것이다. 기화는 쓸데없는 말이 튀어나올까 서둘러 전화를 끊었다.

그가 구운 빵을 먹고, 그가 내린 커피를 마시고, 침대에 파묻혀 쇼팽이나 쇼스타코비치의 왈츠를 듣는 시간이 좋았다. 애잔하고 비장한 선율을 듣고 있으면 복잡한 삶에서 비켜난 기분이었다. 밤사이 흘린 침을 입가에 묻힌 채 잠옷 차림으로 침대에 뒹굴며 농담을 했다. 기화는 그와 함께 그렇게 늙어갈 줄 알았다. 코로나로 출판사 수입이 곤두박질칠 때까지는.

저녁을 먹은 후, 화장실에서 빨래했다. 마른 수건에 세탁을 마친 옷을 감싸 비틀어 물기를 제거했다. 팬티는 옷걸이에 걸어 수건으로 덮었다. 간호사가 약을 주러 왔을 때 기화는 어머니 핑계를 대고 환자복 한 벌을 받았다.

소등 후, 커튼을 치고, 환자복으로 갈아입었다. 보송한 순면의 감촉이 좋았다. 에어컨 냉기가 적당히 차단되어 쾌적했다. 침대 밑에서 보조 침대를 끌어내 등을 대고 누웠다. 기화는 간호사가 아침 약을 가지고 오기 전에 눈을 떠야 할 텐데 걱정하며 잠들었다.

누군가의 손이 밋밋한 가슴을 더듬는다. 그러더니 허벅지 사이로 두툼한 손이 쑥 들어왔다. 두려움에 숨이 막혔다. 거미줄에 걸린 나비처럼 꼼짝할 수 없었다. 감은 눈 위로 환한 빛이 쏟아진다. 차르르, 얼음이 부딪치는 듯한 소리가 난다. 몸을 더듬던 손이 순식간에 사라졌다. 선풍기 바람이 젖은 목덜미에 붙은 머리칼을 말렸다. 차르르, 주렴 소리가 들린다. 누군가 대청에 드리운 주렴을 헤치는 것 같다. 천천히 눈을 떴다. 열두 살, 여름, 한낮 햇살이 어린 눈을 찌른다.

간호사가 커튼을 걷으며 "이정숙 환자 약 받으세요."라고 했다. 기화는 벌떡 몸을 일으켰다. 형광등 불빛에 눈이 아프다. 간호사가 기화의 손에 약을 주고 나가며 커튼을 쳤다. 커튼 레일 소리가 주렴이 부딪히며 내는 소리처럼 들린다. 기름이 부족한 톱니바퀴처럼 온몸이 삐걱댔다. 기화는 도로 몸을 눕히고 두 손을 이마 위에 포갰다. 낯선 손이 여전히 몸에 남은 느낌이었다.

수술, 2주 만에 소변줄을 제거했다. 요도에 연결된 줄을 뺀 것만으로 어머니는 살 것 같다는 표정이었다. 주치의가 휠체어를 타도 된다고 했다. 휠체어를 타면 복도와 휴게실을 어슬렁거리고 장애인 화장실에 갈 자유가 있었다. 장애인 화장실을 사용한 첫날, 어머니와 기화는 각자 상대방 몰래 안도했다. 화장실에는 비데가 있었고, 원스톱으로 모든 절차가 깔끔하게 마무리되었다. 비데가 있는 화장실은 편했지만, 사용하기에 그리 녹록지는 않았다. 먼저 휠체어에 무사히 안착해야 했다. 간호사는 몇 번이나 강조했다. 타기 전, 휠체어를 단단히 고정하라, 휠체어가 움직여 환자가 넘어지면 큰 부상으로 돌이킬 수 없는 결과를 초래한다고 했다.

침대에서 내려오는 것부터 큰일이었다. 침대 가장자리에서 두 다리를 바닥에 내리면 깁스한 왼쪽 다리는 허공에 뜬다. 최대한 침대 가까이 붙인 휠체어를 양손으로 짚고 어머니가 몸을 일으키면 균형을 잃고 넘어질까 봐 신경이 곤두섰다. 기화는 환자복 뒤 허리춤을 힘을 다해 움켜잡았다. 뻗정다리를 옮기려면 몸 전체를 함께 움직여야 했다. 다리 올리는 받침이 없는 휠체어를 사용할 때는 가늘고 긴 널빤지를 엉덩이 밑에 넣어 무거운 다리를 지탱했다.

장애인 화장실은 휠체어가 방향을 틀 수 있게 설계되었다. 하지만 일자로 깁스를 해 휠체어 밖으로 삐져나온 다리 때문에 몇 번이나 앞뒤로 움직여 공간을 확보해야 했다. 가능한 변기 가까이 휠체어를 붙여야 벽에 부착된 스테인리스 손잡이를 잡고 변기에 걸터앉을 수 있었다. 매번 너무 힘들어 기저귀를 다시 쓰고 싶을 지경이었다.

서관과 동관 화장실을 왔다 갔다 하다, 어머니가 복도 한복판에서 실수한 날, 기화는 어머니의 쭈글쭈글한 엉덩이에 범벅이 된 누르스름한 배설물을 닦았다. 더는 욕지기가 치밀지 않았다. 아침을 거른 빈 창자가 골골 소리를 냈다. 가슴골에 맺혔던 땀방울이 배로 내려와 굴러떨어졌다. 어머니를 좌우로 움직이며 새 환자복으로 갈아입혔다.

병실을 나갔던 옆 침대 여자가 왔다. 병실 밖에서 냄새가 빠지길 기다린 모양이었다.

"할매, 이카다 딸이 먼저 죽겠어요. 하루도 안 빼고 똥 치우고 씻기고, 옷 갈아입히고, 침대 시트를 갈아대니. 사무실에 앉아 책을 만들던 사람이 우예 견디겠어요? 기저귀 차면 서로 핀할 텐데. 창가에 노인 싸제. 할매 싸제. 하루이틀도 아이고 다른 사람 생각도 좀 해야지요."

어머니는 허리를 틀어 벽을 향한 채 여자를 등지고 누웠다. 불편한 자세를 유지하려고 침대 난간을 꽉 잡고 있었다.

어머니는 남자 일꾼 여럿을 부린 사람이었다. 대기업 상품이 시골에 파고들기 전, 국수는 불티나게 팔렸다. 공장 뒤 넓은 마당에 새하얀 광목 같은 국수를 끝도 없이 널었다. 대형 선풍기가 사방에서 쉴 새 없이 돌아가며 국수 가닥을 말렸다. 작은 읍 주변은 농촌이었다. 새참이나 국수로 한 끼를 때우던 시절. 사방 30리 안에 규모가 큰 곳은 어머니의 국수 공장뿐이었다. 어머니 옆에는 늘 아저씨가 있었다. 마치 부녀가 공장을 운영하는 것 같았다. 두 사람의 머리에는 밀가루가 뽀얗게 앉아 있었다. 서른셋. 어머니가 남편을 잃은 나이. 어머니는 연고도 없는 작은 읍을 어떻게 찾아냈을까? 아저씨와 그 공장이 관련 있을 거란 추측을 할 뿐이다. 어머니가 아저씨에 대해 말한 적은 없었다. 은인이라고 했을 뿐, 나와 동생을 아저씨에게 소개하거나 인사를 시키지도 않았다. 환갑을 앞둔 할아버지 같은 아저씨와 마주치면 우리는 고개를 숙이는 게 다였다. 철이 들어, 남녀 관계에 눈을 뜬 후, 어머니와 아저씨 관계를 어렴풋이 짐작했을 뿐이다.

언젠가 어머니만큼 나이 먹은 아저씨의 아들을 본 적 있었다. 읍내에 몇 대 없는 승용차를 운전하면서 지나갔다. 아저씨의 자식이라는 걸 어떻게 알았는지 모르겠다. 기화는 서울로 가기 전, 고작 3년을 읍내에서 지냈을 뿐이다. 사람들이 수군대는 소리를 듣거나, 공장에서 어머니를 찾아온 나이 든 여자를 본 때문인지 모른다. 그 일이 있고 난 뒤, 어머니는 학교 파하면 공장에 들르지 말고 곧장 집에 가라고 했다. 살아 있다면 아저씨는 백 살이 다 되었을 것이다. 젊은 아버지처럼 그도 존재하지 않는 사람이다. 기화는 늙은 아저씨가 몇 살에 죽었는지 궁금했다.

어머니의 작은 등이 더 작아 보였다. 어머니는 한동안 벽을 향한 자세를 바꾸지 않을 것이다. 기화는 어머니를 휠체어에 태우고 병실을 나왔다.

육중한 유리문을 밀고 나가자 정면에 분수가 보였다. 어머니는 몸을 들썩이며 좋아했다.

"그냥 보기 좋아라 만든 줄 알았는데 산책을 할 수 있구나."

기화는 휠체어를 밀며 천천히 걸었다.

"분수 가까이 가자. 시원한 물 좀 만져봐야겠다."

"손 넣으면 안 돼. 저기 읽어봐."

기화가 분수대 모서리에 붙여놓은 표지판 앞에 휠체어를 댔다.

'본 인공 분수대는 물 정화를 위해 약품 처리하고 있으니 마시거나 만지지 마세요. (어린이는 보호자의 관리가 필요합니다)'

'마시거나 만지지 마세요'는 다른 글자보다 크고 붉은색이었다.

어머니는 아쉬운 듯 경고 표지를 가만히 보았다. 기화는 분수대를 지나 시계 반대 방향으로 돌았다. 햇살이 네모난 정원에 쏟아졌다. 정원 한 변의 길이는 50미터? 백 미터는 안 되어 보인다. 사각형 변마다 녹색 잔디가 있고, 손톱 크기의 붉은 꽃 이파리에 이슬 같은 물방울이 달렸다. 스프링클러로 물을 뿌린 모양이다. 맨 뒤 허리 높이의 관목을, 그 앞에 무릎 높이 꽃나무, 맨 앞에 팬지와 패랭이 같은 작은 꽃을 심었다.

땀에 젖은 원피스 겨드랑이의 붉은 모란이 검붉게 변했다. 축축한 등도 마찬가지일 것이다. 어머니는 눈을 감은 채 얼굴에 닿는 공기를 한껏 들이마셨다. 소매 긴 환자복을 입고도 어머니는 땀 한 방울 흘리지 않았다. 기화가 더위에 헉헉대자 어머니가 말했다.

"벤치에 가서 좀 앉자."

정원을 나가 병실로 올라가자는 말은 하지 않았다. 기화는 손바닥으로 해를 가리고 싶었지만, 휠체어를 잡은 손을 뗄 수 없었다. 일사병으로 쓰러질 것처럼 머리가 어질했다.

"엄마, 점심 먹고 다시 오자. 오늘도 푹푹 찔 건가 봐 너무 더워."

어머니는 한 바퀴만 더 돌자고 했다. 한 바퀴가 거듭 반복되었다.

매번 모퉁이를 돌 때마다 그만 가자는 말이 혀끝까지 나왔다. 30분이 지나자 기화의 인내가 바닥을 드러냈다. 어머니의 기분은 무시하고 시원한 실내로 가야겠다고 독하게 마음먹었다. 기화가 미처 말을 꺼내기 전에 어머니가 급한 어조로 말했다.

"기화야, 화장실 가야겠다."

기화가 휠체어를 밀고 병동 입구로 가는데 어머니가 재차 말했다.

"기화야, 급해."

기화가 놀라 물었다.

"큰 거야?"

"아니."

어머니가 고개를 강하게 저었다.

수술실 앞 대기실을 돌면 복도 중간에 장애인 화장실이 있다. 건물 안으로 막 들어서자 엘리베이터가 도착했다. 기화는 황급히 엘리베이터에 올랐다. 9층에 내려 화장실로 달리다시피 했다. 방울방울 떨어진 노란 오줌이 휠체어가 지나온 복도에 점점이 찍혔다. 그나마 다행인 것은 양이 적어 점선이 생긴 거였다. 기화는 휠체어를 복도 한쪽에 세우고, 화장실에서 휴지를 손목에 둘둘 말아 나왔다. 복도에 쭈그리고 앉아 길게 이어진 오줌을 일일이 닦았다. 기화를 바라보는 어머니의 표정이 일그러졌다.

점심을 먹고, 어머니는 낮잠을 잤다. 기화는 보조 의자에 앉은 채 졸았다. 누군가 어깨를 건드려 눈을 떠보니 신장 투석실에 내려간 며느리가 서 있었다. 잠깐 졸았는데 벌써 시간이 이리 흘렀나 싶었다.

"기저귀 있으면 빌려줘."

기화는 사물함을 열어 손에 잡히는 대로 기저귀를 꺼냈다.

"벌써 다 썼어? 의료기 가게서 같이 샀잖아."

"투석하는데 설사가 끝도 없이 나와. 감당이 안 돼. 나중에 사면 바로 갚을게."

며느리는 기저귀를 받아 한 손에는 물휴지를 들고 급히 병실을 나갔다. 기화는 서랍을 열어 거즈를 한 뭉치 집어 며느리를 따라갔다. 엘리베이터 앞에서 며느리에게 거즈 뭉치를 건넸다.

"빨아 쓸 생각 말고 이걸로 닦아내고 버려. 물 적신 거즈 손수건이 젤 편해."

며느리는 창백한 표정으로 엘리베이터를 탔다.

병실로 돌아와 보니 그에게서 카톡이 와 있었다.

-독자는 서사가 풍부한 걸 좋아해. 네가 기획한 번역 책은 제법 팔려.

그는 의례적인 몇 가지 일을 적은 끝에, 어머니 안부를 물었다.

-어머닌 언제 퇴원하셔? 좋아지셨다며? 동생에게 들었어. 퇴원하면 집으로 올 거지?

그가 법적으로 부부가 되고 싶다고 했을 때 기화는 평화롭던 일상이 발밑에서 무너지는 것 같았다. 기화가 "언제든 만나잖아. 함께 사는 것과 다름없잖아."라고 하자 그가 손바닥으로 얼굴을 쓸며 말했다.
"그러니까 결혼하자는 거야. 세속적인 절차를 거치는 것뿐이야. 널 구속하거나 하지 않을게."

기화는 자신을 설명할 수 있다면 얼마나 좋을까 생각했다. 코로나로 출판사가 어려워지자 그는 감원을 생각했다. 작은 출판사라 사장인 그와 주간인 기화, 세 명의 직원은 비슷한 일을 했다. 기화가 "내가 그만두면 직원 세 명은 그냥 다닐 수 있어. 전부터 좀 쉬고 싶었어. 요즘 트렌드 따라가기도 벅차고." 말하자, 기화의 성격을 아는 그는 더 말리지 않았다.

대학 졸업 후 20년 넘게 해온 일이었다. 그는 기화가 무료하지 않을 만큼의 일을 주었다. 출판사에 출근하지 않은 뒤로도, 그와 기화는 여전히 서로의 집을 오가며 지냈다. 10년 넘게 지속된 관계였다. 그와 기화가 한집에 사는 부부인 줄 아는 사람도 여럿이었다.

그의 청혼에 기화는 둘의 시간이 사라질 것 같아 두려웠다. 기화는 그를 사랑하고, 의지했다. 그도 기화와 같았다. 변한 것은 아무것도 없었다. 기화는 누군가를 사랑할 때마다 바닥이 휘청대는 듯한 이유를 알고 싶었다. 도망치고 싶은 자신의 마음을 해부해보고 싶었다. 이 모든 것은 아버지 탓인가 생각도 해보았다. 전투기 조종사였던 아버지는 훈련 중 사망했다. 기화는 열 살이었고, 아버지는 겨우 서른다섯. 그렇게 젊은 나이에 죽음이라니, 기화는 여전히 그 사실을 받아들이기가 어렵다.

결혼식을 올리자는 그의 말에 기화는 커튼으로 창을 가리고 전화를 끄고 문을 걸어 잠갔다. 해외에 나갈까 생각했지만, 코로나 때문에 쉽지 않았다. 그를 피해 웅크리고 있을 때, 구급대원의 전화를 받았다. 어머니가 다쳤다는 사실에 놀랐지만 한편 도피처가 생겨 안도했다.

그에게 카톡을 보냈다.

－일주일에 한 번 드레싱하는데 상처는 잘 아물고 있어. 걸으려면 6개월 걸린대.

카톡의 숫자가 사라지고 전화벨이 울렸다.

"6개월이라고? 기화야, 어머니 퇴원하면 간병인 채용해. 내가 돈 댈게."

그가 과장된 목소리로 울먹였다. 크게 소리를 내 웃는 게 얼마 만인지 몰랐다. 기화는 모자란 듯이 단순한 캐릭터를 연기하는 그가 고마웠다. 그는 기화가 웃는 포인트를 알았다. 섬세하고 사려 깊은 사람이었다.

"부부가 너무 오래 떨어져 있으면 안 돼."

기화는 호호 소리 내 웃다가 문득 눈시울이 뜨거워졌다. 그의 바람을 외면하려는 자신이 안타까웠다. 스스로 인생을 책임질 나이, 누구의 탓도 아닌 각자의 몫이다, 라고 위안했다. 기화는 침울한 얼굴로 전화를 끊었다.

산책은 일상이 되었다. 회진하는 주치의를 만나지 못하고, 체온과

맥박을 재러 온 간호사가 허탕치기도 했다. 어머니는 간호사에게 주의 받아도 아랑곳하지 않았다.

기화가 벌겋게 익은 얼굴로 병실에 들어가자 옆 침대 여자가 혀를 찼다.

"딸 생각 좀 하소. 할매. 밥도 제대로 못 먹고 휠체어 끌고 땡볕에 뱅뱅 돌다가 큰일 나요. 딸 아프면 누가 할매 병구완합니까?"

어머니는 여자를 외면했다. 기화는 화장실로 뛰어들어 손에 물을 받아 얼굴에 퍼부었다. 눈물이 찔끔 나오는 자신이 부끄러웠다. 수건을 적셔 어머니의 얼굴과 손과 발을 닦았다. 피곤했던지 어머니는 금방 잠이 들었다.

며느리가 신장 투석을 끝낸 노인과 함께 왔다. 침대를 제자리에 넣기 위해 옆 침대를 밀었다. 노인의 침대를 빼내기 위해 사흘에 한 번 침대를 밀고 당겼다. 기화가 며느리를 향해 커피믹스를 흔들었다. 며느리가 컵을 챙겨 들고 따라왔다.

두 사람은 공용 주방 싱크대에 기대 뜨거운 커피를 마셨다.

"우리 어머니 얼마 살지 못하실 것 같아."

기화는 뜨거운 커피를 꿀꺽 삼켰다. 치매 걸린 지 10년. 신장 투석 2년. 며느리가 주르르 눈물을 흘렸다. 기화는 화장실에서 찔끔 나오던 자신의 눈물을 떠올렸다.

"사람은 누구나 죽어. 너무 마음 아파하지 마. 할 만큼 했잖아."

며느리가 손바닥으로 눈물을 닦았다.

"아들 때문에 우는 거야."

결혼 10년 만에 낳은 외아들 늦둥이가 중학교 2학년이라 했다. 시어머니 병구완하느라 아이에게 소홀했다고 했다. 아들이 엄마에게 전화 한 번 할 줄 모르는 냉정한 아이가 되었다며 자책했다.

"함께 살잖아. 매일 보고 함께 자고. 언젠가 마음을 열 거야."

며느리는 울먹였다.

"어머니가 죽어가는데 이런 생각을 하는 내가 쓰레기 같아."

기화는 하루에도 몇 번이나 도망치고 싶었다. 간병인을 구하려고 YWCA에 전화도 했다. 코로나로 간병인이 부족해 기다려야 한다는 말에 실망과 안도를 동시에 느꼈다. 기화는 자기가 그럭저럭 괜찮은 인간이라 착각했던 지난날이 몹시 부끄러웠다.

어머니는 산책하기 위해 밥을 먹는 것 같았다. 밥그릇을 비우고, 요플레도 말끔히 먹었다. 회진이 없는 날이라 어머니는 일찍부터 서둘렀다. 회진하는 의사와 간호사들, 각종 검사를 받기 위해 아래층으로 가는 환자로 엘리베이터가 꽉꽉 찼다. 휠체어가 들어갈 공간이 없어 엘리베이터를 두 대나 보내고 겨우 탔다.

습기를 머금은 무거운 공기가 다리를 휘감았다. 금방이라도 비가 내릴 것 같았다. 네모난 하늘은 잿빛이었다. 어머니는 처음 볼 때와 똑

같은 벤치와 나무와 분수대를 처음 보듯 했다.

"이게 없으면 어떻게 견디겠니. 다행이다. 정원이 있어서."

어머니에게 다행인 정원이 기화에게는 지옥이었다. 몇 바퀴 돌지 않아 온몸이 땀 범벅이 되었다. 휠체어를 잡은 손이 끈적였고 맨살이 드러난 팔다리에 뜨거운 물에 적신 수건을 감은 것 같았다.

"엄마, 너무 더워. 들어가자."

어머니도 더운지 한 바퀴만 돌고 가자고 했다. 반 바퀴도 돌기 전에 와다닥, 비가 떨어졌다. 어깨에 금방 얼룩이 생겼다. 기화는 가까운 입구로 뛰어들었다. 분만실과 신생아실 팻말이 보였다. 벽 색깔이 분홍이었다. 분홍색 벽 앞에 노란 장의자가 놓여 있었다. 모든 것이 새것처럼 깨끗했고, 산부인과는 빈 병동처럼 고즈넉했다. 떨어지는 빗소리만 들렸다.

"엄마, 여기 앉았다 가."

기화는 휠체어를 노란 장의자 옆에 세우고 브레이크를 눌러 잠갔다. 노란 의자에 앉으니 유리문을 통해 밖이 보였다. 굵은 빗줄기가 산책길에 떨어져 사방으로 튀었다. 산책길 군데군데 얕은 웅덩이가 생겼다. 주변이 어둑해지더니, 천둥이 쳤다. 어머니는 비 오는 광경을 물끄러미 보았다.

"너도 자식은 있어야 하는데."

기화가 침묵하자, "승기가 결혼하자고 안 해?" 물었다.

"나이가 몇인데 결혼을 해."

"환갑이 넘어도 재혼하는 시대야."

그가 어머니와 통화를 했나 싶었다. 어머니가 갑자기 결혼을 언급하는 게 의심스러웠다.

기화는 화제를 바꾸려고 옛날 일을 꺼냈다.

"엄마, 아직도 그 주렴 있어?"

어머니는 아버지가 선물로 사 온 주황빛 주렴을 기억조차 하지 못했다.

"기화야, 승기가 결혼하자면 해."

"한 번 했으면 됐어."

기화는 단호하게 말했다. 어머니는 낮게 한숨을 내쉬었다.

"승기는 네 첫 남편과는 다른 사람이야."

"그만해. 강 서방도 승기만큼 좋은 사람이었어."

기화의 서슬에 어머니는 입을 다물었다.

대학 동기인 기화와 승기는 나란히 졸업했다. 승기는 바로 입대했고, 기화는 출판사에 들어갔다. 기화가 직장 생활을 한 지 1년 남짓이었을 때 직장 동료가 소개팅을 주선했다. 본가가 기화의 집과 멀리 떨어진 다른 지방 사람이었다. 어머니는 전남편이 먼 지방 출신인 게 마음에 드는 눈치였다. "기화야, 승기 제대할 때까지 기다릴래?" 어머니가 물었을 때 기화는 고개를 저었다. 어머니의 바람대로 자기 집 사정을 전혀 모르는 사람과의 결혼을 선택했다. 웨딩드레스를 입은 기화는 젊은 날, 어머니 결혼사진 속의 신부와 똑같았다. 어머니는 드레스를 입은 기화가 너무 예뻐 내 딸이라고 사방에 외치고 싶은 얼굴을 했다.

"나 이혼당한 거 아냐. 이혼해준 거야."

어머니는 말없이 밖을 보았다. 비가 내리고, 사방은 어둡고, 네모난 검은 하늘이 잠깐씩 빛났다.

"기화야."

불러놓고 어머니는 한참 후에 물었다.

"너 혹시, 그 때문이야?"

"무슨?"

기화의 목소리가 올라갔다.

"아버지 제삿날, 네가 안방에서 자고 있었고."

대청마루에 드리워진 주황빛 주렴이 차르르 소리를 냈다. 오늘처럼 더운 여름 한낮. 주렴을 걷으며 누군가 마루에 오르는 소리. 목에 땀이 맺혀 닦고 싶은데 손가락도 까닥할 수 없었다.

"제사 지내려고 엄마가 공장을 쉬었는데 그날, 아저씨가 찾아왔잖아."

기화는 숨이 막혔다. 꿈을 꾼 거라고. 목구멍까지 차오른 말은 끝내 나오지 않았다.

"널 서울로 보낸 것은 그 때문이었어. 엄마 때문에 네가 잘못될까 봐."

기화는 숨을 깊이 들이쉬었다. 어깨로 천천히 호흡을 눌렀다. 열두 살 아이를 만지던 손을 조각조각 찢고 싶었다. 어머니의 얼굴에서 빗줄기 같은 눈물이 주름진 골을 따라 흘렀다. 번개가 번쩍이더니 하늘이 부서질 것처럼 연이어 벼락이 내리쳤다. 기화는 차가운 목소리로 낮게 말했다.

"내가 잘못하지도 않은 일로 삶이 휘둘릴 만큼 어리석지 않아. 엄마 잘못은 기화를 멀리 보낸 거야. 엄마 앞에서 나를 치워버린 거라고. 겨우 열세 살이었어."

방학 때, 어머니 곁에 일주일도 머물지 못하고 하숙집으로 쫓겨갔다. 기화는 추잡한 손 때문이 아니라고 악을 쓰며 소리치고 싶었다. 억눌려 있던 감정이 금방이라도 폭발할 것 같았다. 하지만 평생 그랬던 것처럼 기화는 끓어오르는 감정을 눌렀다.

"엄마, 올라가."

기화의 말에 엄마는 혼잣말하듯 낮은 목소리로 말했다.

"너희 남매를 키우려면 아저씨와 그 공장이 필요했어. 그때 내게는 아무것도 없었어. 네 아버지에게 약속했어. 너희 둘이 잘 키우겠다고, 아무 염려 말고 눈 감으라고."

어머니는 숨이 찬 듯 잠시 멈췄다.

"방학 때 집에 오지 못하게 한 것은 아저씨 때문이었어. 돌이킬 수 없는 일은 한순간에 생기니까 자칫 몹쓸 일이라도 당하면……."

기화는 어머니의 말을 끊어버리듯 벌떡 일어나 휠체어를 움켜잡았다.

비는 줄기차게 내렸다. 산부인과 병동에서 눈물을 보인 후 어머니는 기운이 없어 보였다. 회진 때 주치의가 일주일 후 엑스레이를 찍어 보고 상태가 좋으면 깁스를 떼자고 했다. 기화는 일주일이 얼마나 되는 시간인지 가늠되지 않았다. 커피를 들이켜 뇌를 각성해야 겨우 반짝 머리에 불이 켜졌다.

투석하러 내려간 며느리가 창백한 얼굴로 혼자 왔다.

"시어머니는?"

기화가 묻자 며느리가 고개를 좌우로 저었다. 며느리는 말없이 짐을 쌌다. 기화의 가슴이 쿵 내려앉았다. 30분도 지나지 않아 노인의 흔적이 지워졌다. 며느리는 마트에서 받은 비닐 가방 두 개를 들고 병실 사람들과 일일이 작별했다. 며느리는 마지막에 기화에게 왔다.

"갑자기 상태가 나빠져 중환자실에 들어갔어."

중환자실에는 보호자가 들어갈 수 없어 집으로 간다고 했다.

"딸이 해준 말이 힘이 됐어. 아들과 시간을 많이 보낼 거야."

며느리가 짐을 바닥에 내려놓았다.

"생각날 거야. 우리 연락하고 지내. 전화번호 알려줘."

며느리는 기화의 번호를 찍으려고 전화기를 꺼냈다.

며느리에게 느꼈던 좋은 감정만큼 딱 그만큼 기화의 마음이 움츠러들었다.

"병원 기억이 뭐가 좋다고. 인연이 되면 또 만나겠지."

며느리가 멍한 표정으로 기화를 보았다. 기화는 열두 살로 퇴행하는 자신을 막으려 안간힘을 썼다. 며느리의 눈. 슬픔이 막 고이기 시작하는 눈이, 세월이 지났는데 기억이 생생한 전남편의 눈과 흡사했다. 이혼하자는 말에 기화가 말없이 고개를 끄덕이자 남편의 눈에도 슬픔이 고였다.

기화는 풀리지 않던, 오래 끈 문제가 일단락된 것 같아 후련하기까지 했다. 아이도 없으니, 적어도 사랑하는 가족이 깨지거나, 잃는 일은 생기지 않을 것으로 생각했다. 애초에 없는 것을 잃을 수는 없으니 말이다.

며느리가 기화의 손을 꼭 잡아주고, 가방을 들고 등을 돌렸다.

옆 침대 여자가 비어 있는 창가 자리로 자신의 짐을 옮겼다. 절뚝거리며 칫솔과 컵을, 수건과 크리넥스 통을 사물함에 넣었다.

기화는 의자에 털썩 앉았다. 빗방울이 유리에 부딪혀 부서졌다. 9층 밖 허공에는 아무것도 없었다. 빗줄기만 어지럽게 흩날렸다.

어머니가 누운 채 천장을 보며 중얼거렸다.

"지갑 속에 명함 있잖아. 한 장 꺼내주지. 그게 뭐라고, 사람을 무안하게 만들어."

쓸모없는 종이쪽지. 인공 정원처럼 퇴원하면 존재 가치를 잃는 물건. 기화는 자신이 왜 여태 지난 직장의 명함을 정리하지 않았는지 의아했다.

지갑을 열고 명함을 꺼냈다. 기화의 이름 아래 그와 함께 설립한 출판사명이 조그맣게 찍혀 있다. 엘리베이터까지 가보았지만, 그녀는 없었다.

기화는 헬기장이 보이는 복도 창가로 갔다.

기화를 보던 그녀의 눈동자에 두려움에 떠는 어린 기화, 상실이 두려워 손을 내밀지 않는 아이가 들어 있었다. 여름비가 줄기차게 내렸다.

헬기장에서 비를 맞고 있는 헬기 위로 사진 속 젊은 아버지의 얼굴이 기구처럼 떠 있었다. 비를 맞고 있는 아버지는 점차 나이 든 얼굴로 변해갔다. 부부는 닮는다더니 아버지는 나이를 먹으며 점점 어머니와 닮아갔다. 아버지는 어머니와 함께 늙고 있었다.

아버지를 잃은 게 아니라 가슴 깊이 가둬왔다는 것을 깨달았다.

손에 든 명함을 와락 움켜쥐며 얼굴을 감쌌다. 얼굴과 손 사이에서 명함이 눅눅해졌다. 얼마나 그러고 있었을까.

어느새 비가 그쳤다. 프로펠러가 소리 내며 돌기 시작했다. 기화는 헬기가 누군가의 생명을 구해오길 간절히 바랐다. 어린 기화가 눈물에 떠내려가듯 헬기가 점점 멀어지더니 마침내 점으로 변해 사라졌다.

재건축

재건축

"고층 주상 복합 아파트에 입주하는 순간 똥값이 될 거예요."

파마머리는 내 입을 쳐다보았다. 불안과 의혹이 엇갈리는 표정이다. 재건축에 찬성하든 반대든 내 생각은 확고했다. 내 집을 지키는 것. 그것 외에 무슨 목적이 있겠는가? 내게 필요한 것은 약간의 시간이었다.

동대표 회의에 참석한 사람은 모두 열 명, 아홉 명은 여자고 한 명이 남자다. 유일한 남자인 회장은 옅은 베이지 면 슈트에 번쩍이는 금장시계를 차고 있다. 손목에 감긴 시계가 진짜 금인지 궁금했다. 붉은 알이 박힌 반지도 끼고 있다. 보석을 지녀본 적이 없는 나로서는 어떤 보석인지 알지 못했다. 여자들은 대개 긴 치마와 스웨터 차림이었다. 절반은 나처럼 새로 동대표가 된 사람이고 나머지 절반은 계속 동네일을 해온 사람이었다.

"시내 한복판 최신 빌딩도 공실이 수두룩해요. 분양 안 되면 손해가 고스란히 주민에게 돌아와요. 분담금이 엄청나게 나올 거고. 정부하고 언론이 제대로 발표를 안 해 그렇지, 경제가 엉망인 거 다들 아시잖아요."

내 말에 금속 테 안경과 슬리퍼가 맞장구쳤다.

"경기가 바닥이니 신중하게 생각해야 해요."

여자들이 일제히 나를 보았다. 슬리퍼가 할 말이 있는 듯 입술을 달싹거렸다. 회장이 탁자를 내리치며 소리 질렀다.

"정부와 언론의 거짓말이라고. 이 여자 불순 세력 아니야?"

격식을 차리던 회장이 순식간에 말투를 바꾸었다. 아파트 상가에서 부동산 중개업을 하던 사람이 맞나 싶었다. 회장은 나를 보는 대신 만만해 보이는 금속 테 안경과 슬리퍼를 노려보았다. 슬리퍼는 불쾌한 기색으로 얼굴을 돌렸다. 금속 테 안경은 냉정한 눈으로 회장의 눈길을 받았다. 파마머리는 혼란스러운 표정으로 나를 보았다. 재건축이 황금알을 낳는 닭인 것을 증명이라도 하라는 표정이다.

흥분한 남자의 몸짓에 탁자 가장자리에 놓였던 맥주잔이 바닥으로 떨어졌다. 파마머리와 슬리퍼가 외마디 비명을 지르며 펄쩍 뛰었다. 술자리는 순식간에 아수라장이 되었다. 아깝다. 나는 바닥에 쏟아진 맥주를 보며 중얼거렸다. 여자들은 깨진 유리 조각과 맥주 거품을 피해 엉거주춤 서 있었다. 회장과 나만 자리에 그대로 앉아 있었다. 차분하던 금속 테 안경의 표정이 굳어졌다. 슬리퍼는 보일 듯 말 듯 손을 떨고 있다. 이러니 남자들이 힘자랑하지. 나는 슬리퍼의 손을 잡고 위로라도 해주고 싶었다.

"개나 소나 대장질이야."

내가 중얼거리자 몇 사람이 뒷걸음질치며 맥줏집을 나가버렸다. 우물거리던 몇 사람이 뒤따라 가버렸다. 파마머리와 금속 테 안경과 슬리퍼, 회장과 나만 남았다. 치킨집 주인이 두루마리 휴지를 들고 왔다. 휴지를 둘둘 풀어 손에 감더니 술에 젖은 탁자와 바닥을 닦았다. 쏟아진 술은 대부분 내 운동화와 바짓가랑이를 적셨다. 기술도 좋다.

회장은 욕심 많은 두꺼비처럼 웅크려 나를 노려보았다. 자신이 지나쳤다고 후회하는지 나를 비난하듯 쏘아보는 눈빛이 과장스럽다. 주인이 새 수건을 가져와 바닥에 구부려 앉아 내 바지와 운동화를 닦아주었다. 타인에게 이런 호의를 받아보는 게 얼마 만인지 모르겠다. 불현듯 뒤통수가 뜨거워진다. 눈물이 쏟아질 것 같아 애써 무심을 가장하며 앉아 있었다. 가게를 나가버린 여자들처럼 제때 자리를 박차고 나가야 했는데, 라고 생각했다.

지난달, 이른 저녁, 현관 벨이 울었다. 발소리를 죽여 어안렌즈를 통해 밖을 내다보았다. 속눈썹이 긴 여자가 커다란 눈을 깜박이며 서 있었다. 안전 체인을 건 채 문을 한 뼘만 열었다. 여자는 누런 서류 봉투를 들고 있었다. 아래층 여자였다.

"동대표 맡을 차례예요."

임기 1년 동대표(말하자면 줄반장과 비슷한 직책이다)직은 주민들이 돌아가며 하고 있었다. 두 집이 마주 보는 계단식 아파트 스물네 가구의 대표였다. 그러니 24년 동안 한 번만 하면 되는 일이었다. 동대표가 있는지도 모르고 살다 이사하는 집도 있었다. 동대표가 있는 줄 나도 처음 알았다. 관리소의 공지 사항은 관리비 고지서나 현관 입구 게시판에 붙이는 인쇄물로도 충분했다. 관리비만 밀리지 않으면 별일 없는 공동주택이었다.

"동대표 하지 않으면 벌금 삼십만 원이에요."

내가 머뭇거리며 망설이자 아래층 여자가 재빨리 말했다. 나는 여자의 손에서 장부와 누렇게 색이 바랜 커다란 봉투를 받아 들었다.

"두 달에 한 번 대표 회의에 참석하면 되고, 다른 일은 거의 없어요."

여자는 후련한 표정으로 계단을 내려갔다. 아래층에서 문 열리는 소리가 났고, 된장찌개 냄새가 계단을 타고 올라왔다. 감자와 매운 고추를 넣은 모양이다. 봉투를 껴안고 잠시 현관문에 등을 붙이고 서 있었다.

해는 사라졌는데 완전한 밤은 아닌 시간. 모든 풍경이 어슴푸레하다. 거실 유리문으로 아파트 정원의 나무가 보였다. 나무는 검은 그림자처럼 서 있다. 잠깐 사이 사방은 어둠이 짙어진다. 평소에 사용하지 않는, 샹들리에 흉내를 낸 조잡한 거실 등을 켰다. 엉덩이 자국이 난 낡은 소파가 눈부시듯 이마를 가린다. 거실은 순식간에 환한 빛으로 출렁거렸다. 낡은 텔레비전마저 신품처럼 빛났다. 벽지는 자잘한 별을 달고 있는 것처럼 반짝인다. 이사를 할 때 가장 비싼 실크 벽지를 골랐다. 생전 처음 망설이지 않고 최고급을 선택했던 순간이었다. 실크 벽지는 사금파리를 뿌려놓은 듯 빛이 난다. 싸구려 샹들리에, 빛나는 벽지, 아파트에 살면 내 삶도 그렇게 빛이 날 줄 알았다.

오늘, 동대표 회의에서 음식물 쓰레기 무게를 측정하는 자동 수거기를 구매하기로 했다. 버리는 만큼 비용을 청구하는 기계였다. 마당의 정원수를 소독하는 업체와 비용을 산출하고, 한 시간 남짓 진행된 회의를 끝낸 후, 치킨집으로 자리를 옮겼다. 새로 임명된 동대표 환영회 겸 대표들 간 친목을 도모하기 위해서였다. 환영회는 시작도 전에 파장이 되었다.

회장은 못마땅한 표정으로 둘러보더니, 바닥에 떨어지지 않고 용케 버틴 오백짜리 맥주잔을 들고 단숨에 비웠다. 잔에서 입을 떼고 트림을 하더니, 자신은 주민에게 봉사하는 사람, 이라고 했다. 남은 여자들이 뜬금없다는 표정으로 회장을 보았다. 보수가 없기는 회장이나 동대표나 마찬가지였다. 자신만 무료 봉사를 하는 것처럼 회장은 거듭 봉사라는 말을 내뱉었다. 회장이 순수하게 봉사만 한다고 생각하는 주민은 많지 않았다. 아파트에서 시행하는 시설의 보수나 수선 공사 대금의 10퍼센트가 회장 주머니로 들어간다는 소문이 공공연하게 돌았다. 요즘이 어떤 세상인데 라며 소문을 믿지 않는 소수파와 봉사건 협잡이건 관심이 없는 주민들로 나뉘었다. 아파트 관리에 대해서 나는 관심이 없는 측이었다. 파마머리가 회장에게 물었다.

"재건축은 어떻게 되어가요?"

모두 알고 싶어 하는 일이었다. 오늘 회의에 참석한 이유도 재건축 진행 상황을 알고 싶어서일 것이다.

"공람이 끝나면 신속하게 진행될 겁니다."

"공람이라고요?"

누군가 비명처럼 소리 질렀다. 마라톤 주자처럼 내 심장이 서서히 펄떡거렸다.

"토지를 40퍼센트나 시에 기부하면 몇 평짜리 아파트를 받겠어요? 게다가 임대아파트도 절반 지어야 한다는데 그게 말이 된다고 생각해요?"

금속 테 안경이 차분하게 말했다. 유일하게 외출복을 입고 나온 여자다. 30대 후반이나 40대 초반. 직장에서 곧장 회의실로 퇴근한 것처럼 보였다.

"하루라도 빨리 재건축을 하면 좋겠어요. 녹슨 수돗물이 나오는 낡은 집, 지긋지긋해요."

파마머리는 금속 테 안경을 힐끗 보더니 중얼거렸다.

"시에서 제안하는 개발안이 어떤 것인지 알기나 해요?"

나는 파마머리를 빤히 보며 물었다. 술을 마신 탓인지 내 목소리가 조금 멀게 느껴졌다.

"새 집 생기고, 집값 오르고, 그것 때문에 재건축하는 거 아닌가요?"

파마머리의 말에 회장이 과장되게 고개를 끄덕였다. 만족스러운 표정이었다.

10년 전, 아파트를 살 때 남편과 나도 파마머리와 같은 생각을 했다. 내 나이와 같은 시간을 견딘 아파트는 귀퉁이가 바스러지고 벽체에 균열이 가고 있다. 근방에서 가장 오래된 아파트로 재건축한다는 소문이 난 지 이미 오래였다. 그래서인지 다른 아파트보다 비쌌다. 그때 아파트를 보러 왔다가 부동산 중개업자인 회장과 마주 앉아 재건축 운운했던 기억이 아직도 생생했다.

시는 강변 근처 아파트들을 모두 묶어 통합 재건축을 하는 계획안을 내놓았다. 강을 따라 무질서하게 늘어선 아파트를 공동 개발해 맨해튼 같은 도심으로 만들겠다는 야심 찬 계획을 제시했다. 기부가 적정 수준이었다면 아무도 반대하지 않았을 거다. 재산이 손해날까 걱정하는 주민은 반대했고, 낡은 집이 지긋지긋한 주민은 시 개발안에 찬성했다. 아파트 주민은 강의 남쪽과 북쪽처럼 반으로 갈라졌다.

나는 급하게 술을 마셨다. 차갑던 뇌수와 손바닥이 따뜻해졌다. 주변의 사물들 속으로 나는 천천히 녹아들었다. 아련하게 도는 술기운이 사라지면 나는 번번이 질퍽한 웅덩이에 빠졌다. 꼴사납게 허우적거리며 발버둥 쳤다. 누가 볼까 두려워하며 주변을 살피는 내가 수치스러웠다. 웅덩이에 빠져 죽을 수는 없었다. 억울했다. 견딜 수 없이. 눈물이 쏟아질 차례였다.

나는 사람들이 모인 자리에서 날 감정을 드러낼 만큼 어리석지는 않다. 적정량의 술을 마신다면 내게는 아무 일도 일어나지 않는다. 회장은 비어버린 잔을 머리 위에서 흔들며 술을 더 가져오라고 외쳤다. 그 모습이 천박해 보였지만 술을 더 마실 수 있어 다행이라고 생각했다.

주인이 양손에 두꺼운 유리잔을 하나씩 들고 왔다. 맥주를 놓고 돌아서는 주인에게 회장이 큰 소리로 치킨! 이라고 했다. 입구 계산대 뒤에 기름이 끓고 있었다. 튀김 솥 옆에 밀가루 반죽을 입은 닭 조각이 수북이 쌓여 있었다.

회장은 좀 전의 자신의 난폭한 행동은 잊은 모양이었다. 잔을 코앞까지 들어 올려 위하여! 라고 외친다. 재건축의 신속한 진행을 위해선지 내뱉는 말이 힘차다. 금속 테 안경은 입을 대는 시늉만 했고, 슬리퍼는 두어 모금 마신 후 탁자에 잔을 놓았다. 파마머리는 주인에게 콜라를 갖다 달라고 말한다. 회장과 나는 단숨에 반 너머 잔을 비웠다. 회장은 손등으로 입가에 묻은 거품을 닦아냈다. 두툼한 손등에 맥주 거품이 옮겨갔다.

"술 잘 드시네요."

불순분자 운운하며 비난하던 일은 잊은 모양이었다. 대작할 사람이 있어 다행이라는 듯 웃었다. 나는 무표정한 얼굴로 대꾸하지 않았다. 술을 잘 마시는 기준이 뭔가? 많이 마시는 것, 마셔도 취하지 않고 평소와 다름없음, 남을 불편하게 하지 않는 것? 나는 어느 쪽에 속하는지 궁금했다. 내 대답을 기다리는지 회장은 내게 시선을 주고 있었다. 뇌가 없는 것 같은 얼굴을 향해 조금 웃어주었다. 피곤하다. 이런 관계는. 처음부터 따라나서지 않는 건데, 라고 후회해도 소용없다. 이럴 때는 신경을 쓰지 않는 게 상책이었다. 두 잔만 마시고 일어나야겠다. 집에 손님이 왔다거나 급히 할 일이 있다고 둘러대자. 나는 핑계를 궁리하며 반 남은 맥주잔을 들이켰다.

치킨집 벽에 기증한 사람의 이름이 써진 둥근 시계가 붙어 있었다. 시계는 땅을 헤집는 굴착기처럼 규칙적인 소음을 던지며 돌고 있다. 갑자기 초조해졌다.

너무 늦으면 공원 안 깊숙한 곳에까지 가기가 망설여졌다. 간혹 밤늦게 산책을 하는 사람이 없지는 않으나 열 시가 넘으면 공원 안쪽 구역은 인적이 끊겼다. 강을 끼고 있는 동쪽 구역은 밤늦게 다녀도 안전한 편이지만, 고양이나 유기견, 토끼나 뱀이 출몰하는 공원 안 서쪽 구역은 가로등도 드물었다. 인적이 끊긴 시간에 사고까지 몇 번 있었다. 그 일은 부녀회나 동 대표회를 통해 묻혀버렸다. 주민들은 약속이나 한 듯 일제히 입을 다물었다. 공원 사건을 입에 올리는 순간, 무성한 갈대와 흔들리는 나무가 일제히 집값 하락을 외쳐댈까 두려워했다. 벌거벗은 남자의 사체. 사람의 정강이뼈를 핥는 개. 토막 난 시체는 폐업한 남성복 가게에서 내다 버린 마네킹일지도 몰랐다. 개가 물고 다니는 것이 인간의 뼈라는 것도 증명되지 않은 사실이었다. 알고 보면 괴담은 대부분 헛소문이다. 어둠이 내리면 서쪽 구역은 인적이 끊겼다. 큰길이 끝나고 나무가 들어찬 숲이 시작되는 좁은 산책로 입구에서 사람들은 돌아섰다. 사람이 잘 다니지 않는 길은 희미해지다가 지워졌다. 넝쿨이 갈퀴 같은 손을 뻗어 길을 뒤덮고, 습지에는 갈대와 수크령, 물억새와 찔레꽃 더미, 늘어진 갯버들과 은사시가 뒤섞여 있다. 공원 관리소도 공원 안쪽은 내버려두었다.

아파트 값의 절반은 강변 공원 탓이었다. 재건축되면 공원 습지에는 복합 문화센터가 들어설 예정이라 했다. 문화센터 건물 벽에 고양이를 넣어 바르지 않는 한 괴담이 들어설 자리는 없을 것이다. 소문을 퍼 나르는 갈대와 넝쿨은 흔적 없이 사라지고, 소문은 시멘트로 봉해질 것이다. 공포가 섞인 불온한 공기는 투명한 유리와 반짝이는 철골에 갇혀 발아래 흐르는 강물을 굽어볼 것이다. 가끔 나는 늦은 시간 공원의 서쪽 구역 깊은 곳까지 들어갔다. 썩어가는 물풀과 시든 갈대, 몰래 내다 버린 쓰레기 더미 사이에 누군가 숨어 나를 지켜보는 것 같았다. 검정 비닐봉지에 담아 간 것을 바닥에 털고 나는 재빨리 돌아섰다. 무성한 풀을 헤치고 오솔길로 나오면 반쯤 얼어붙은 먹이를 갉아대는 소리가 희미하게 들렸다. 고양이인지 떠돌이 개인지 숲속의 다른 짐승인지 알 수 없었다. 숲의 온갖 짐승들이 나를 기다리고 있을 거로 생각하자 갑자기 초조해졌다.

남편과 몇 번 이 가게에서 맥주를 마신 적이 있었다. 파란 플라스틱 의자에 앉아 남편의 목으로 술이 넘어가는 소리를 듣곤 했다. 기름때가 끼지 않아 벽이 여전히 깨끗할 때, 발아래 바닥이 미끈거리지 않을 때, 하늘색 탁자가 지금보다 훨씬 선명한 빛을 띠고 있을 때였다. 남편은 카레 가루를 넣어 튀긴 치킨을 좋아했다. 우리가 앉았던 파란 플라스틱 의자는 지금 가게 밖 통로 구석에 쌓여 먼지를 쓰고 있었다.

늦은 가을이면 노란 은행잎을 밟으며 남편과 나는 아파트단지를 나가 공원을 가로질렀다. 발밑에서 낙엽이 노랑, 노랑이라고 끊임없이 사각거렸다. 공기마저 노랗게 물든 세상이 아름다웠다. 남편의 팔에 기대 걷다 보면 죄수처럼 단순해졌고 온몸이 투명해졌다. 치킨집 주인은 치킨 냄새에 끌려 이곳을 찾던 남편을 기억할까?

10년도 전에, 집을 사기 위해 들렀던 부동산 사무실에서 회장을 처음 만났다. 그때도 회장은 금방 재건축이 될 것처럼 말했다. 재건축 기대가 더해진 집값은 우리의 능력을 훌쩍 넘어 있었다. 가격 때문에 망설이는 우리 부부에게 회장이 충고했다.

"집값 절반은 대출이 나와요. 집값은 계속 오르니 이자를 내도 남는 장사죠. 재건축하면 돈방석에 앉는 거요. 사두면 무조건 돈이 된다니까."

대출이 부담되면 전세를 놓으라 했다. 곧 재건축이 될 것이니 망설이지 말고 사라고 부추겼다.

회장의 말에 나는 거실 소파에 앉아 남편과 나란히 텔레비전을 보고, 아일랜드식 식탁에 마주 앉아 자줏빛 와인잔을 부딪는 장면을 떠올렸다. 당시 내가 지니고 있던 중산층의 이미지였다. 결혼식도 아이도 없이 남편과 함께 산 지 10년 만이었다. 적금을 찾고 집값의 반을 대출로 집을 마련했을 때, 세상에 대한 원한이 눈 녹듯 사라졌다. 그리고 이어진 10년, 남편과 나는 진주목걸이를 잃어버린 여자보다 더 지독하고 가난하게 살았다. 남편과 나의 젊은 시절은 온전히 미래에 잡혀 있었다. 대출금을 갚는 것 외에 다른 삶은 꿈도 꾸지 못했다. 남들이 가는 길에서 낙오될까 두려움에 떨었다. 대출을 다 갚으면 오십이 훌쩍 넘는다는 것을 그때는 몰랐다. 막연히 모든 게 좋아질 것이라 여겼다. 대출금을 다 갚으면 어깨를 누르는 중력이 사라지고, 발밑은 견고해질 것으로 믿었다.

금속 테 안경이 회장에게 말했다.

"시 개발 계획을 반대하는 주민이 많은 것 모르세요?"

회장은 미간에 세로줄을 깊게 만들었다.

"헌 집 주고 새 집 받고, 돈도 버는데 주민들이 왜 반대합니까? 반대하는 사람들은 전철연 프락치요."

파마머리는 목에 스프링을 박은 나무 인형처럼 고개를 끄덕였다. 금속 테 안경이 물었다.

"재건축 반대하는 사람들이 전철연 프락치라는 사실, 회장님이 직접 확인했나요?"

나는 한 박자 늦게 전철연이 '전국철거민연합회'의 약자라는 것을 깨달았다. 몇 년 전 눈이 무섭게 얼어붙던 겨울, 용산 참사를 보도하는 새벽 뉴스에서 들은 기억이 났다. 세입자들이 건물 옥상에 망루를 만든 지 하루 만에 대화를 요구하는 재개발 조합이나 건설사 대신 경찰 특공대가 검은 비처럼 망루 위로 내려왔다. 밤하늘을 몽땅 태울 듯 너울대던 불꽃과 아비규환 속의 비명. 인화물질이 연이어 터지는 장면.

여섯 명이 불길에 죽어간 뉴스 앞에서 남편과 나는 아무 말도 할 수 없었다. 뉴스를 보는 동안 우리는 침묵했다. 우리가 감춰둔 욕망이 부끄럽고 처절했기 때문이었을까. 남편과 나는 서로를 쳐다보지 못했다.

금속 테 안경이 말했다.

“시 개발안이 부당하다고 말하는 것뿐이에요. 우리 아파트 주민이 집회를 열거나 시청에 항의 한 번 하러 간 적이 없어요. 전철연 프락치가 도대체 어디 있다는 거죠?”

금속 테 안경은 차분하게 말했다. 파마머리가 입을 삐죽이며 나섰다.

“부동산업계에 오래 종사한 회장님이 재산이 반쪽 되는 재건축을 찬성하겠어요?”

파마머리는 자신이 모욕당한 듯 얼굴을 붉혔다.

나는 손가락으로 맥주잔에 맺힌 물방울을 문질렀다. 두 잔째였다. 아쉽지만 이것으로 끝내야 했다. 파마머리 앞에는 기포가 오르지 않는 식은 콜라가 있고 금속 테 안경의 황금빛 맥주는 조금도 줄지 않고 남아 있었다. 슬리퍼는 유리문 바깥으로 자주 시선을 가져갔다. 부동산 사무실과 그 옆 작은 꽃집, 빵집과 나란히 있는 반찬가게는 불이 꺼져 있었다. 텅 빈 상가는 한적했다.

단지 건너편 블록은 사무실이 모여 있는 오피스 구역이었다. 올봄만 해도 직장인들은 아파트 상가로 몰려왔다. 오피스 구역 상가보다 밥값이며 술값이 싸기 때문이었다. 버스 정류장과 전철역도 멀지 않았다. 얼마 전까지만 해도 상가는 전철이 끊어지는 시간까지 흥청거렸다.

남편은 가끔 회랑 같은 통로의 술집 어디쯤에서 내게 전화를 했다. 퇴근길에 남편의 전화를 받으면 마음이 설렜다.

우리가 가끔 가던 술집은 문을 닫은 지 오래다. 노천 주점으로 변해 고기 굽는 연기와 냄새를 피우던 상가는 지금, 너무 오래 산 노파처럼 무력해 보였다. 재건축 말이 나온 후 상가는 급속도로 쇠락해갔다.

"공원 습지에 전국 최대 규모의 문화 회관과 부속 시설이 들어서고, 강을 따라 호텔과 초고층 빌딩이 생기고, 아파트는 50층 이상의 고층으로 세울 예정이오."

회장이 갑자기 목소리를 내리깔았다. 자신이 우리보다 위에 있다는 표시. 극비 정보를 유출한다는 비장감을 풍겼다. 몸을 내밀어 호응하는 파마머리와 의자 등받이에 깊숙이 기대앉은 슬리퍼의 태도가 대조적이었다.

파마머리의 눈이 가늘어졌다. 떠오르는 아침 해를 반사하는 고층 빌딩의 유리 벽을 상상하는 것처럼. 발아래 고물대는 풍경을 내려볼 때의 우월감. 강을 따라 늘어선 거대한 고층 빌딩 숲. 그곳의 주민이 된다는 것은 이 도시 최고의 동네 주민이 된다는 의미였다. 어디 살고 있는지의 질문에 가능한 무심한 태도로 강변마을! 던지듯 말할 수 있게 된다. 부촌 옆 동네, 서민 아파트 주민은 부촌의 담장 안에 편입되어 중산층이 되고 싶어 안달이었다.

"막말로 우리가 부촌보다 못한 게 뭐 있어요. 강도 가깝고 전망도 훨씬 좋아요. 재건축만 된다면 아파트 값도 부촌과 같아질 거예요."

사실이었다. 도심의 중심지와 가깝고 전철과 버스 노선이 사방으로 깔려 있다. 강과 습지가 포함된 녹지가 넓어 주거지로 좋은 조건이었다. 아파트가 좋은 평가를 받은 것은 불과 얼마 전이다. 사람들은 차츰 쾌적한 환경과 안전한 주거지를 찾기 시작했다. 집만 새로 올리면 부자 동네 조건은 완벽했다.

남편이 직장을 그만둘 때, 대출금은 반이나 남아 있었다. 남편은 퇴직금으로 대출금을 다 갚았다. 삶을 갉아먹는 대출금을 갚았는데 홀가분하지 않았지만 큰 걱정도 하지 않았다. 남편은 다시 일자리를 구할 테고, 우리에게는 재건축을 기다리는 알짜 아파트가 있었다. 남편과 내 피와 살을 먹고 자란 아파트. 누군들 그렇지 않을까. 태생이 가난한 사람들에게는 자기 피와 삶을 갈아 넣지 않은 아파트가 얼마나 되겠는가. 남편과 나는 피로 연결되어 있었다. 세상에 피보다 진한 것은 없었다. 남편과 나는 서로의 생명 같은 존재, 적어도 나는 그렇게 생각했다.

외국에는 200년 가는 아파트도 많다는데 우리는 겨우 30년을 견디고 허물어지는 아파트 일색이었다. 100년을 살 수 있는 아파트라면, 우리의 삶이 달라졌을까. 어쩌면, 그랬을지도, 모르겠다.

"우리 단지가 관광 · 금융 특구 지역에 포함된 것은 아시죠? 그래서 호텔과 쇼핑센터 같은 게 필요한 거예요. 그런 시설을 만드는 데 필요한 땅을 주민들이 내고 대신 집을 공짜로 짓는 거죠. 이건 특혜다 이 말이요."

회장의 말소리는 낮고 은밀해졌다.

"공원에 짓는 복합 문화 단지와 위락 시설도 주민들 부담이잖아요."

슬리퍼가 항의하듯 말했다. 파마머리는 또 얼굴이 붉어진다. 금속 테 안경이 나섰다.

"호텔과 쇼핑 시설이 분양 안 되면 건설비 담보로 들어간 우리 집은 어떻게 돼요? 미분양 사태가 되면 누가 책임지죠?"

맥주잔이 바닥을 보인다. 조금만 더 마시면 몽롱한 안개가 온몸을 휘감을 텐데. 아쉽지만 집으로 갈 시간이었다. 기회를 봐서 적당히 일어서야겠다. 나는 의자를 조금 뒤로 밀었다. 금속 테 안경을 빼고 세 사람은 조금씩 흥분해서 격앙되고 있다. 목소리를 중후하게 내리깔던 회장이 느닷없이 새된 소리를 내지른다.

"강변 지역은 백 퍼센트 분양이야. 누가 미분양될 거라는 헛소릴 해?"

회장은 숫제 반말이었다. 시에서는 강변 지역을 관광 · 금융 특구로 지정한 것은 주민의 복지와 재산 가치의 상승을 위해서라고 강조했다. 시청 공무원의 말을 곧이곧대로 믿는 주민은 많지 않았다. 주민의 재산으로 '강변 지역의 위대한 르네상스를 이룬 시장'이 된 후, 그 실적을 딛고 중앙 정치권에 출마하기 위해서라고 수군댔다. 다른 사람에게 술을 쏟고 신발과 바지를 젖게 만드는 재주를 가진 회장은 무얼 위해 죽자고 재건축을 찬성하는 걸까?

차가운 유리잔을 두 손으로 감싸 쥐자 소름이 돋았다. 술을 다 마셨는데도 술잔은 여전히 차갑다. 회장은 우리를 갓 들어온 아르바이트 사원 다루듯 했다.

"재개발 반대하는 사람은 죄다 전철연이야. 당신들은 불순분자의 선동에 속고 있는 거라고."

금속 테 안경은 기가 꺾인 눈치였다. 차분하고 냉정하게 따지던 모습이 흔들렸다. 금속 테 안경의 말에는 좀 전의 결기가 빠져 있었다.

"내 재산 손해날까 봐 반대하는 것이지, 재건축을 반대하는 게 아니라고요."

금속 테 안경은 쭈뼛대며 일어섰다. 나와 눈도 마주치지 않았다. 슬리퍼와 파마머리도 슬며시 일어나 출입문을 향해 뒷걸음질쳤다. 누구도 내게 함께 가자는 말을 하지 않았다. 투명 인간이라도 본 듯 시선조차 주지 않았다. 회장에게는 건성이나마 인사를 건넸다. 그들을 주눅 들게 만든 것은 불순분자일까, 나 아니면 회장? 나는 주민을 불안하게 만든 불순분자나 프락치가 된 모양이었다. 나는 주민 편이었다. 뭘 잘못했지? 나는 벌써 문밖으로 사라진 그들을 향해 어깨를 으쓱했다. 회장은 붉어진 얼굴에 결연한 표정을 지으려고 애썼다. 나는, '내 집을 지키고 싶다'라고 대자보라도 써 붙여야 하나 생각했다.

"고층 빌딩이 생기면 관리인도 필요하겠지요?"

주인이 방금 튀긴 치킨을 들고 와 탁자에 놓는다. 매콤한 카레 냄새가 고소했다. 좀 전에 주문 전화를 받고 주인이 양념통닭을 배달하고 온 후 더는 손님이 없었다.

"공사는 언제 시작할 것 같아요?"

회장은 목소리를 낮게 깔았다.

"시에서 특별 관리하는 지역이라 예상보다 빨리 진행될 거야."

"공사가 시작되면 우리 같은 세입자는 가게를 빼야 하는데 걱정입니다."

가게 주인 얼굴이 어두워졌다. 주인은 내 앞으로 치킨을 옮겨주며 말했다.

"과장님 잘 계시죠? 요즘은 통 안 오세요."

"기억……, 하세요?"

"처음엔 두 분이 대학생인 줄 알았어요. 그때만 해도 젊었는데. 세월 참, 빨라요."

술이 확 깼다. 술잔을 든 내 손이 눈에 보일 정도로 흔들렸다.

"그 사람은, 인도로 갔어요."

"인건비 때문에 공장이 중국이나 베트남으로 나간다더니 인도에도 가는군요."

치킨집 주인이 부러운 눈으로 본다.

"멀어서 자주 오지 못하겠네요?"

"못 와요."

나는 단호하게 대답하고 급히 맥주를 들이켰다. 회장이 다른 사람이라도 된 것처럼 순식간에 표정을 바꾸었다.

"외국에서 사업하자면 스트레스가 많을 겁니다. 가족과 떨어져 사는 게 만만한 일은 아니죠. 딴생각도 날 테고."

회장은 마치 다 알고 있다는 듯 음흉한 웃음을 흘렸다.

"그이는 특별해요. 그럴 사람이 아니죠."

내 목소리가 조금 떨렸다. 침묵이 흘렀다. 주인이 500cc 맥주잔을 갖다주었다. 나는 단숨에 비운 잔을 탁자 위에 조용히 내려놓았다. 의지와 상관없이 내 입에서 풀 죽은 말이 흘러나왔다.

"우리는, 헤어졌어요. 이제 다시는 그를 볼 수 없어요."

남편과 함께 앉아 마시던 차가운 맥주와 치킨의 매콤한 맛을 떠올렸다. 내 말에 회장은 신속히 표정을 바꿨다. 변화무쌍하다. 표정도 목소리도 말투도 상황에 맞추는 모습이 놀랍다. 얕아 보이지만 의외로 속마음이 따뜻할지 모른다. 그렇더라도 나는 변하는 게 싫었다. 치킨집이 퇴락하듯. 집과 수변 공원도 조만간 변할 것이다. 남편이 그랬던 것처럼 변한 것들은 모두 내게서 떠났다.

회장과 주인이 술을 마시는 동안 나는 손으로 치킨을 들고 뜯었다. 기름이 묻어 미끈거리는 손을 빠져나간 술잔이 바닥으로 떨어졌다. 회장이 의자에 앉은 채 재빨리 두 다리를 바닥에서 들어 올렸다. 바짓가랑이도 구두도 젖지 않아 미안하거나 당황스럽지 않았다.

자정 무렵 가게를 나왔다. 회장은 노래방에 가자고 내 팔을 잡았다. 회장은 이제 한량으로 변신했다. 자정이 넘으면 일상의 역할은 의미가 없나 보다. 순간의 감정에 충실한 인간이 남을 뿐이었다. 남편은 어땠을까? 상가의 통로에서 잠시 남편을 생각했다. 밤이 되면 남편은 온전히 나를 사랑하는 남자로 변하곤 했다. 입술과 가슴, 배와 그 아래 깊숙한 곳을, 비밀의 골짜기를 탐색하듯 은밀히 더듬는 손길이 얼마나 부드러웠던가. 나는 좌우로 흔들리는 몸을 기억에 맡겼다. 주인이 가게 문을 닫는 동안 회장은 단골 노래방에 전화했다.

"룸 있어? 중요한 손님 모시고 가니 안주 좀 마련해놔."

회장은 입 냄새가 고스란히 건너올 정도로 내게 가까이 붙어 왔다. 남편도 회장처럼 유연했다면, 그랬더라면, 남편과 나는 지금 우리의 세월을 어떻게 보상받을지 의논하고 있지 않을까.

하루에 술 두 잔 이상은 마시지 않는다는 규칙은 이미 깨졌다. 손님이 없기는 노래방도 마찬가지였다. 노래방 주인 여자까지 끼어 네 명은 교대로 마이크를 잡았다. 나는 같은 노래만을 줄기차게 불렀다. 아는 노래가 그것뿐이었다. 수많은 세월이 흘러도…….

두 번째 노래를 불렀을 때는 목이 멨다. 아무도 내 노래에 관심이 없다. 세 번째 마이크를 잡았을 때 두 눈이 축축해졌다.

사랑은 영원한 것.

고음에서 음이 이탈해도 회장은 감정 좋고 어쩌고 하며, 망치 소리가 나는 탬버린을 신나게 흔들었다. 내가 악을 쓰고 소릴 지르자, 치킨집 주인은 화장실에 가는 척하며 방을 나갔다.

모니터 화면에 노래 가사가 강처럼 흘렀다.

나는 너를 기다리네. 아직도 너 하나만을…….

탁자 위에 빈 술병과 먹다 남은 과일 조각이 나뒹굴었다. 술에 젖어 눅눅해진 새우깡이 발에 밟혀 납작해졌다.

노래방 주인 여자는 가게 앞까지 나와 90도로 허리를 굽혔다. 회장은 지갑에서 만 원짜리 한 장을 꺼내 여자의 가슴골에 밀어 넣었다. 회장은 여자의 가슴에서 좀처럼 손을 뽑지 않았다.

뺨에 와 닿는 바람이 서늘했다. 아파트 불빛이 닿는 공원 가장자리는 그리 어둡지 않았다. 자세히 보면 키 큰 나무의 그림자가 땅바닥에 흐릿하게 드리워진 것을 알 수 있을 정도였다. 나는 공원 안쪽 습지 근처로 갔다. 내 발소리를 듣고 다가오곤 하던 개와 고양이는 어디 있을까. 공원은 물속처럼 고요했다. 단도처럼 날아오는 날카로운 비명이 밤 정적을 깼다. 밤새? 이름 모를 땅 짐승의 울음일까? 오늘 내 손에는 아무것도 없다. 먹다 남은 치킨이라도 들고 올 걸 싶었다. 습지에 사는 것은 먹이를 가져오지 않으면 아무것도 가까이 오지 않았다.

뒤늦게 회장이 헐레벌떡 쫓아왔다. 튀긴 식용유와 술에 전 시큼한 과일 냄새가 났다. 내장을 한 바퀴 돌아 나온 듯 역했다. 나는 숨을 멈추고 고개를 옆으로 돌려 밤공기를 마셨다.

"당신 집으로 갈까?

그는 피앙세처럼 내 귀에 속삭였다. 머리끝에서 출렁이던 술이 순식간에 발끝으로 빠져나간다. 나는 멀뚱히 그를 보았다. 붉은 보석이 박힌 반지를 낀 두꺼운 손이 내 얼굴을 감싸 쥔다. 손바닥이 파충류의

점액질처럼 미끈댄다.

나는 그의 손을 뿌리쳤다. 회장은 거칠게 내 어깨를 잡았다. 그를 피하려던 내 어깨가 기우뚱 무너졌다. 나는 엉덩방아를 찧으며 바닥에 넘어졌다. 회장은 나를 무성한 풀 위로 굴리듯 밀었다. 새우깡 냄새를 풍기는 그의 입술이 내 얼굴을 더듬고, 끈적이는 손이 옷섶을 헤집고 들어와 여윈 가슴을 움켜잡는다. 그의 두툼한 입술에 갇혀 숨이 막혔다. 나는 고개를 이리저리 돌리며 숨을 쉬기 위해 애썼다. 바닥에 닿은 등과 엉덩이가 눅눅해졌다. 몸을 빼려고 안간힘을 썼지만, 회장은 꿈쩍도 하지 않았다. 내 몸을 짓누르고 있는 그가 점점 무거워졌다. 바위 같은 어깨 너머로 캄캄한 하늘이 보였다. 머리카락을 길게 늘어뜨린 것 같은 능수버들이 바람에 흐느적거렸다. 허공은 아무것도 담고 있지 않았다. 도심 하늘에는 별이 살지 못한다. 별을 보려면 어디로 가야 할까. 남편은 빛나는 별을 찾았을까. 하늘은 어떻게 그리도 눈부시고 아름다운 것들을 매달고 있는지 궁금했다.

회장은 내 몸을 더듬으며 뒤척였다. 흔들리는 나뭇가지 사이로 캄캄한 하늘이 언뜻언뜻 드러났다. 바람이 불자, 갈대가 소리를 내며 몸을 떨었다.

남편이 다른 여자와 사랑에 빠졌다면 기다리려고 했다. 피의 시간을 함께 보내지 않은 여자와 얼마를 가겠는가 했는데, 그게 아니었다. 남편은 자신을 옭아매는 모든 것을 벗어나고 싶어 했다. 나와 그의 미래인 아파트마저 버렸다. 1년 아니, 더 오래? 어쩌면 꿈일지도 몰랐다.

머릿속이 헝클어진 실타래 같아 확실한 건 아무것도 없었다.

그가 떠난 지 얼마 지났는지 알 수도 없던 어느 날, 남편이 돌아왔다. 남편은 먼지와 쓰레기와 잡동사니가 쌓인 집을 청소하고, 부엌칼을 갈았다. 남편이 떠난 뒤 한 번도 사용하지 않은 칼이었다. 남편이 좋아하는 카레라이스를 만들려고, 그 칼로 고기를 다지고 감자도 깎고 양파를 썰었다. 저녁상을 차리고 술을 꺼냈다. 와인과 맥주, 소주와 위스키, 냉장고에 술은 얼마든지 있었다. 남편이 떠난 뒤로 밥 대신 술을 먹었다. 남편이 말했던 것 같다. "너무 많이 마시지 마. 당신은 두 잔이 한계야." "잊지 않았네." 나는 두 팔로 남편의 목을 감고 매달렸다. 그제야 오래 멎었던 숨이 쉬어졌다. 남편은 내 이마에 입을 맞추고 목덜미로 내려와 턱 끝으로 가슴을 지그시 눌렀다. 달라진 것은 없었다. 남편은 어제처럼 내 몸을 열었고, 나를 소중하게 쓰다듬고 어루만졌다. 두 팔로 휘감은 남편의 등에서는 예전과 다름없이 더운 김이 올랐다. 내 손가락이 더듬고 있는 그의 머리칼 사이에서 땀이 흘렀다. 있는 힘을 다해 나는 두 다리로 그의 허리를 동여맸다. 내 몸에 그를 가두고 다시는 떠나지 못하게 할 생각이었다.

그는 하늘에서 내려오는 밧줄처럼 내 몸을 향해 떨어져 내렸다. 자기 앞에 있는 것이 무엇인지 알려고 하지 않았다. 거친 숨을 몰아쉬며 나를 해체했다. 그의 손에 낱낱이 해체되는 내 몸, 그가 닿는 마지막 골짝. 남편 몸에서는 바람 냄새가 났다. 색깔도 질감도 없는 냄새는 내 몸 어디건 스며들었다. 벽에서 빛 알갱이가 튀어나와 사방으로 퍼졌다. 집은 순식간에 별이 가득한 하늘로 변한 듯 지붕과 사방 벽이 사라졌다.

흑백 필름 같은 그 날이, 영화처럼 지나갔다. 남편과 나는 벌거벗은 채 와인을 마셨다. 그러다 잠이 들었던가. 남편의 등이 눈앞에 보였다. 나는 옷을 벗은 채였는데 남편은 어느새 옷을 입고 있었다. 커튼 사이로 들어온 빛이 기다란 창처럼 방을 가로질렀다. 남편에게서 나던 바람과 별, 그리고 풀 냄새. 나는 몇 번이나 남편에게 물었다. 이게 무슨 냄새냐고? 대답이 없었다. 나는 집요하게 물었다. 남편이 일어설 때 옷자락을 움켜잡았다. 무엇에 부딪혔는지 남편이 머리에 피를 흘리며 쓰러졌고, 그가 떠나지 못하게 밧줄로 칭칭 감았던 것도 같다. 기억나지 않는 꿈처럼 필름 한 부분이 뭉텅 잘려 나갔다.

오후, 늦게 눈을 떴는데 남편은 없었다. 주방은 정돈되어 있었다. 빈 술병이 냉장고 옆에 가지런히 놓여 있었다. 꿈, 이었나. 싱크대 서랍을 열었다. 파랗게 날을 세운 칼이 모로 누워 있었다. 조용히 서랍을 닫고 냉장고를 열어 차가운 캔 맥주를 꺼냈다. 빈 캔을 손아귀에 넣고 힘을 주었다. 우그러진 캔을 공중으로 던졌다. 빈 깡통이 냉장고에 맞고 튕겨 바닥에 널브러졌다. 가쁜 숨을 몰아쉬는 조개처럼 깡통의 찌그러진 틈새를 비집고 미세한 거품이 흘러나왔다. 시간을 되돌리지 않는 한 모든 것은 흘러가고 또 흩어질 것이다. 창으로 스며들어 코끝을 맴돌다 점차 희미해지는 음식 냄새처럼. 변기에 쭈그려 앉아 오줌을 눌 때 눈물이 한 방울 굴러떨어진 것 같지만 그것 역시 확실하지는 않았다. 내 기억은 온통 이 모양이었다.

날카로운 비명이 숲을 헤집는다. 머리털이 쭈뼛 설 만큼 섬뜩한 소리였다. 머릿속을 후벼 파는 것 같다. 회장은 놀랐는지 고개를 돌려 주위를 두리번거렸다. 무언가 구르며 뛰어내리는 것처럼 둔탁한 소리가 가까워졌다. 회장은 몸을 반쯤 일으켜 사방을 둘러보며 허둥거렸다. 몸을 짓누르던 중력이 사라지자 공중으로 튀어 오를 듯 가벼워졌다. 회장은 황급히 일어나 공원 밖으로 향하는 오솔길로 달려간다. 함께 가자고 하거나, 가야 한다는 최소한의 몸짓도 없었다. 순식간에 어둠 속으로 사라졌다. 검은 나무 뒤에서 무언가 움직였다. 고양이가 갓난아기처럼 귀를 후벼 파는 소리로 울어댄다. 짝을 찾는 건가? 키 큰 나무와 무성한 갈대가 한 덩어리가 되어 숲을 누른다. 태풍이 오기 직전의 정적처럼 숨 막히는 긴장이 가득했다. 회장은 무엇이 두려워 줄행랑을 친 걸까? 숲은 거듭 고요 속으로 침잠해간다.

고개를 젖히고 하늘을 보았다. 벽지를 옮겨놓은 듯 어둠 속에 작은 빛이 떠돈다. 뒤척이는 나뭇잎에 반사되는 도심의 불빛이다.

돌아와. 이제 더는 기다릴 수 없을지도 몰라. 당신과 내가 살던 집이 곧 무너져. 여긴 아무것도 남지 않을 거야. 우리의 흔적이 몽땅 사라진다고.

우듬지가 못 들을 말이라도 들은 듯 좌우로 천천히 몸을 흔든다.

바지에 묻은 풀과 진흙을 떼어 냈다. 갈대가 휘청, 몸을 숙였다 일어났다. 바람이 불어온다. 너무 늦었다. 숲을 벗어나야겠다.

롤러코스터

롤러코스터

20년 만에 그녀를 보았다. 그녀는 빵집 앞에서 세차게 쏟아지는 빗줄기를 보고 있었다. 순간, 어두운 하늘을 가르는 번개처럼 불시에 가연을 떠올렸다. 이미 사라졌다고 믿었던 죄의식이 뱀처럼 머리를 쳐들었다. 가연이 죽던 날도 비가 쏟아졌지? 아마.

빵집의 짧은 처마 아래서 비를 피하던 사람들이 꽃집과 옷가게를 지나 약국 옆 카페로 몰려갔다. 빗물이 튀어 발목과 종아리가 가려웠고, 비에 젖은 구두가 질벅거렸다. 간혹 예약 택시가 와서 젖은 사람을 태우고 갔다. 카카오 택시를 부르려 시도했지만, 좀처럼 연결이 되지 않았다.

가연이 죽던 날처럼 하늘은 검고, 번개가 번득이며 천둥이 울었다. 그녀는 턱을 약간 들고 비 오는 거리를 보았다. 그녀의 여윈 목에 도톨도톨 소름이 돋아 있었다.

그녀에게 말을 건네고 나는 곧 후회했다. 귀청을 찢을 것 같은 천둥소리에, 나는 그녀의 팔을 잡고 카페를 향해 뛰었다. 그녀의 팔은 거푸집처럼 속이 빈 느낌이었다.

빈자리가 없어 우리는 문가에서 잠시 기다렸다. 빈자리가 나지 않으면 나는 기다리는 척하다 그녀와 헤어질 생각을 했다. 내 바람과 달리 금방 자리가 났다. 보송한 실내 공기와 뜨거운 커피 냄새에 마음이 조금 풀어졌다. 그녀는 허름한 가방에서 색이 바랜 낡은 손수건을 꺼내 머리와 어깨의 물기를 닦았다. 그녀는 내게 손수건을 건네줄까 망설이는 것 같았다. 세월이 흔적이 묻은 그녀의 얼굴에서 나는 어쩔 수 없이 지난 시간을 떠올릴 수밖에 없었다.

중학교를 졸업할 즈음, 아버지가 서울로 발령을 받은 건 내게 구원이었다. 우리 가족은 아버지의 직장을 따라 서울로 이사를 했다. 그대로 그곳에 머물렀더라면 나는……, 생각만 해도 온몸이 떨렸다.

여고에 입학 후, 나는 등교하기 전 꼭, 화장했다. 화장 솔로 뺨을 몇 번 슬쩍 문질러주면 혈색이 돌았다. 볼 터치는 정교한 손놀림이 필요했다. 화장한 티가 났다가는 반성문을 쓰거나 수행평가에서 점수가 깎일 게 분명했다. (그때는 학생이 화장한다는 건 있을 수 없는 일이었다) 예뻐 보이려고 한 게 아니어서인지 한 번도 걸리지 않았다. 그 무렵 내 손은 신의 경지에 올라섰다.

나는 평균치에 미치지 못하는 키와 몸무게를 늘리려고 자주 밤참을 먹었다. 크고 강해 보이면 쉽게 깔보거나 괴롭히지 않을 것 같았다. 사람이 만물의 영장이라거나 동물과 다르다는 말을 나는 믿지 않는다. 텔레비전을 보면 공작이 꼬리를 활짝 펴서 적을 방어하거나, 복어가 배를 빵빵하게 키워 상대에게 두려움을 주는 장면이 나온다. 가끔 꿈에 카멜레온이 되기도 했다. 뱀을 만나 배를 커다랗게 부풀리는 개구리가 된 적도 있다. 그럴 때면 나도 모르게 비명을 질렀다. 내 비명에 놀라 잠을 깨기도 했다. 식구들은 한밤에 공포에 떠는 나를 알지 못했다. 눈을 떠도 까만 어둠에 삼켜진 방은 아무것도 보이지 않았다. 손등으로 축축한 목과 이마를 문지르며 꿈이구나, 안도하며 나는 다시 잠을 청했다. 더는 중학생이 아닌 것에 안도하면서.

편의점 앞에 가연이가 있었다. 나는 얼른 주변을 살폈다. 주변을 둘러보는 내 꼬락서니가 부끄러웠지만 어쩔 수 없었다. 당해보지 않은 사람은 모른다. 내 몸무게의 절반 이상을 차지하고 있는 물은 H_2O가 아니라 공포 두 개와 불안 하나로 구성되었다. 나는 편의점에서 산 빵을 반으로 나누어 가연에게 주었다. 수업이 끝나자마자 도망치다시피 학교를 나와버린 것에 대한 죄책감이었다.

"아까 너 안 보이기에 혼자 왔어."

나는 더듬거리며 변명했다.

"진이가 핸드폰 빌려달라고 해서 다 쓸 때까지 기다렸어."

가연이와 나란히 걸으며 빵을 뜯어 먹었다. 나는 마시던 우유를 가연에게 주었다. 가연이는 우유를 다 마신 후, 무슨 말인가를 하려고 했다. 나는 가연이 손에서 빈 우유갑을 빼앗다시피 낚아챘다. 학원 입구에 놓인 쓰레기통에 빈 우유갑을 던졌다.

"빨리 가자. 늦었다."

학기 초에 가연이와 같은 아파트 단지에 산다는 것을 알고 기뻤다. 친구가 생긴다고 생각하니 가슴이 설렜다. 함께 영화를 보러 가자고 했더니 가연이는 귀여운 덧니를 드러내며 활짝 웃었다. 우리는 함께 화장실도 가고 급식도 같이 먹었다. 중학교 2학년 이후, 누군가와 함께 점심을 먹고 화장실에 간 것은 처음이었다. 전과 달리 학교에 가는 것이 즐거웠다. 물 만난 고기처럼 팔다리가 자유롭게 움직이는 느낌이었다. 가연이네 아파트는 우리 집 바로 앞 동이었다. 8층 내 방 창에서 건너편 15층 가연이네 집 베란다가 보였다. 우리는 아침부터 핸드폰으로 문자를 주고받았다. 엘리베이터를 타고 내려가면 가연이가 기다렸다. 학교에 가는 동안에도 우리는 쉬지 않고 쫑알거렸다. 담임이 이혼을 했다고 말한 것도 가연이었다.

"땡자 남편이 바람이 나서 헤어졌대. 그것도 한참 나이 어린 여자하고. 땡자가 얼음 마녀가 된 것은 그때부터야."

나는 가연을 통해 낯선 도시의 과거를 접했다. 몇 년 전에는 담임이 인기 투표 넘버 쓰리 안에 들었다는 말은 믿기 어려웠다. 하지만 초등학교 때부터 이곳에 산 가연의 정보력을 무시할 수는 없었다. 초등학교와 중학교, 남자고등학교와 여고가 죄다 아파트 단지 안에 모여 있었다. 소문이 아파트 단지 구석구석을 삽시간에 파고드는 동네였다.

점심시간에 식당에서 가연이가 "이번 일요일에 아바타 보러 가지 않을래?"라고 했다.

가연이와 함께 등교하지 않는지가 여러 날이었다. 학원에 가는 날도 학교 수업이 끝나면 재빨리 혼자 교실을 빠져나왔다. 쉬는 시간에 가연이가 화장실에 가자고 하면 책상에 엎드려 자는 척하거나 옆에 앉은 친구와 수다를 떨면서 못 들은 척했다. 가연이는 그런 내게 서운하다거나 싫은 기색 한 번 드러내지 않았다. 그러던 차라 가연의 제의가 반가웠다.

나는 '응, CGV에 가자'라고 말하려 했다. 그때 내 앞에 서 있던 진이가 끼어들었다.

"야, 같이 가. 우리도 아바타 보기로 했거든."

가연이는 진이와 나를 번갈아 쳐다보았다. 주변 아이들이 모두 들을 수 있게 나는 일부러 큰 소리로 대답했다.

"나는 못 가. 일요일에 엄마 아빠랑 시골에 가야 해."

엄마랑 아빠와 함께 시골에 가지 않은 지 오래였다. 명절 지나고 금방 시험이라고 하면 두말 안 했다. 명절날 두 분이 시골 할머니 댁에 가면 나는 혼자 집에서 비디오를 보거나 컴퓨터 게임이나 인터넷 서핑을 했다. 요즘 들어 부쩍 거짓말이 늘었다. 거짓말을 할 때마다 마음이 마른 스펀지처럼 푸석해졌다.

"넌, 일요일에 나올 거지? 네가 표 예매해라."

진이의 말에 가연이는 침묵했다.

내 차례가 되어 식판에 국을 받았다. 오늘은 내가 좋아하는 김칫국이었다. 시금치나물과 어묵조림과 깍두기를 담아 줄에서 빠져나왔다.

"일요일에 엄마랑 마트 가는 거 깜박했어. 팔을 다쳐서 장 보는 거 도와드려야 하거든."

등 뒤에서 가연이 말소리가 들렸다.

"진짜야? 어쩌겠어. 우리끼리 가야지."

진이는 의외로 순순히 넘어갔다. 자기 마음대로 되지 않으면 진이는 욕을 하거나 비아냥거렸다. 얼굴색 하나 변하지 않고 십할, 싸가지, 개 같은 따위의 욕을 내뱉었다. 진이에게 욕을 먹으면 얼굴부터 홧홧 달아올랐다.

식당은 다른 주파수에 맞춰 수백 대의 라디오를 켜놓은 것처럼 소란했다. 나는 빈자리가 있는 테이블로 갔다. 진이나 승희처럼 노는 애들과는 다른 부류의 아이들이 밥을 먹고 있었다.

"여기 앉아도 되지?"

통로 쪽에 앉아 있던 경서가 의자를 끌어당겨 비켜주었다. 나는 안으로 들어가 경서의 옆자리에 앉았다.

"학원 숙제 다 했니?"

경서가 젓가락으로 깍두기를 집으며 물었다.

"아니, 이따 자습 시간에 하려고. 넌?"

"나도 다 못 했어. 어제 과외하는 날이었거든."

중간고사가 끝나면 반은 몇 개의 그룹으로 나뉘었다. 경서의 성적은 상위권이었다. 범생이들은 딱 보면 알 수 있었다. 3년 뒤 자기 모습을 정해놓고, 마치 대학에 가기 위해 사는 애들 같았다.

"음악반 들었니?"

경서가 물었다. 중간고사가 끝난 뒤 엄마가 갑자기 내게 음악반에 들라고 했다. 나는 노래도 못하고 잘 다루는 악기도 없었다. 내가 의아하게 쳐다보자 엄마가 말했다.

"너 바이올린 했잖아. 잘할 필요는 없어. 그냥 쉬운 곡 한두 개만 켜면 돼."

바이올린은 초등학교 4학년 때 방과 후 교실에서 1년간 배운 게 다였다. 작은 읍이라 교사를 초빙하기가 쉽지 않아 바이올린 교실은 얼마 안 가 영어교실로 바뀌었다.

"말도 안 돼. 나 하나도 못 해, 엄마."

"엄마가 다 알아서 할 거야. 1학년 때 아니면 봉사 활동 나갈 시간도 없어."

엄마는 어머니오케스트라반에 가입해서 일주일에 한 번씩 나갔다. 경서네 엄마는 시립교향악단의 바이올리니스트였다. 어머니오케스트라반에는 경서 엄마처럼 프로 음악가, 혹은 음악을 전공한 사람들이 절반이었고, 절반은 음악보다 자신의 아이를 더 사랑하는 어머니들이었다. 어머니오케스트라반의 목적은 봉사 활동, 불우이웃돕기 행사나

독거노인, 장애우를 위한 공연, 크리스마스나 어린이날에 시설을 방문했다. 사회의 춥고 어두운 곳을 음악으로 따뜻하게 밝히는 엄마들의 숭고한 목적을 나는 의심하지 않는다. 어머니의 마음은 위대하니까.

어머니오케스트라반 멤버의 자녀인 우리는 협연 형식으로 참가했다. 노래를 잘하는 친구는 자신의 목소리를 제공했다. 그것은 봉사 활동 점수와 연결되었다. 어머니오케스트라반 멤버의 자녀들이 중 · 상위권 대학에 간다는 전설은 학교 괴담과 달리 신빙성이 있었다.

"우리는 우물 안 개구리였던 거야. 시골에서처럼 하면 넌 대학 못 가."

엄마는 내 중간고사 성적을 보고 공황에 빠진 것 같았다. 아파트 단지를 돌아다니며 수소문해서 부근에서 가장 좋다는 학원 종합반에 등록했다. 나를 학원에 보내는 것만으로는 안심이 안 되었던지 어머니오케스트라반에도 들었다. 나는 음악반 앞까지 갔다가 돌아섰다. 음악 선생님이 음악반에 들어오려는 이유를 물으면 무어라고 대답해야 할지 알 수 없었기 때문이었다.

경서는 음악반에 대해 친절하게 알려주었다. 가입 이유 같은 것은 물어보지 않는다고 했다. 안심되었다. 맨 뒷줄에 앉는 경서는 나보다 머리 하나는 컸다. 교복 아래 숨어 동그랗게 솟은 가슴도 예뻤다. 내 가슴은 프라이팬에 구운 달걀보다 조금도 나을 게 없었다. 경서는 뒤로 모아 단정하게 묶은 머리를 풀어 어깨 위로 늘어뜨리면 대학생이라

해도 믿을 것 같았다. 투명한 햇살에 경서의 뽀얀 목덜미의 솜털이 금빛으로 반짝거렸다. 테이블 아래로 보이는 실내화는 새로 산 듯 깨끗했다. 나는 때가 묻어 거무스름한 실내화를 종아리 뒤로 슬며시 접었다. 당장 실내화를 사고, 음악반에 들어야겠다고 생각했다.

금속판이 시멘트 바닥에 팽개쳐지는 소리와 동시에 경서가 펄쩍 뛰며 비명을 질렀다. 밥을 먹던 아이들이 일제히 경서를 쳐다보았다. 경서는 황급히 일어나 치마를 털며 발을 굴렀다. 하얀 실내화는 붉은 김칫국물로 뒤덮이고, 다리에도 붉은 물이 튀었다. 테이블 사이 통로에 가연이가 넘어져 있었다. 가연의 무릎에 핏방울이 작은 이슬처럼 맺혔다. 가연이는 비틀거리며 일어나며, "미안해, 경서야. 안 다쳤어?" 물었다.

"조심 좀 하지. 아우. 따가워."

경서는 휴지로 종아리를 닦고 실내화를 닦아냈다. 뜨거운 국물이 맨살에 닿아 조금 덴 것 같았다. 가연이는 바닥에 쏟아진 밥과 반찬을 비닐봉지에 쓸어 담고, 식당 아줌마에게 걸레를 얻어 와 바닥을 닦았다. 저런 무릎으로는 펴고 굽히는 것조차 힘들 것이다.

중3 때 내가 수없이 당한 일이었다. 식판을 들면 발아래는 사각지대였다. 빈자리를 찾아 두리번거리는데 누군가 발을 걸면 식판과 함께 나동그라진다. 운이 좋으면 무릎이 깨지지는 않고 식판만 나동그라진다. 그날 일진이 나쁘면 누군가의 머리나 몸에 식판이 날아간다. 그런 일이 몇 번 반복되면 모두 슬슬 피한다. 벼락을 맞을 줄 뻔히 알면서 천둥 치는 날, 비바람 몰아치는 벌판으로 나갈 바보는 없었다.

다들 놀란 표정으로 웅성거리는데 가연의 발을 건 진이는 태연하게 밥을 먹고 있었다. 나는 진이의 뒤통수를 쏘아보았다.

경서는 나영이와 함께 양호실로 갔다. 경서가 나가자 수백 마리의 까마귀가 한꺼번에 우짖는 것처럼 소란하던 식당이 조용해졌다. 아무 일도 일어나지 않았던 것처럼 다시 일상적이고 평화로운 지저귐이 이어졌다. 가연이는 절뚝거리며 숟가락과 젓가락을 주웠다. 가연의 눈에서 금방이라도 눈물이 뚝뚝 떨어질 것 같았다. 가슴속에서 분노가 용암처럼 들끓었다.

진이 일행은 어느새 밥을 다 먹고 낄낄대며 급식실을 나가고 있었다. 나는 진이와 승희의 머리통을 분노가 가라앉을 때까지 식판으로 내리치고 싶었다.

나는 바닥에 떨어진 숟가락과 젓가락을 주워 들었다. 화가 치밀어 가연의 손에서 봉지를 거칠게 당겼더니 반찬을 쓸어 담은 비닐봉지가 터졌다. 붉은 깍두기 국물이 흘러 내 손을 적셨다. 마치 손에 흠뻑 피가 묻은 것 같았다.

음악반은 방과 후에 모여 노래를 부르거나 악기를 연습하는 게 다였다. 일주일에 한 번이었지만 그나마 시험이라 빠지고 학원 때문에 결석하는 애들이 더 많았다. 소득이라면 음악반 아이들과 가까워진 거였다. 토요일에 가연이가 문자를 보냈다.

주말에 무슨 계획 있냐?

왜?

놀이공원 안 갈래? 야간 개장이라 늦게까지 놀다 와도 돼. 지난번에 타지 못했던 롤러코스터도 타고.

봄, 중간고사를 보기 전, 가연이와 처음 놀이공원에 갔다. 시골 출신인 내게 놀이공원은 별천지였다. 롤러코스터는 꼭대기를 향해 바퀴가 톱니처럼 맞물리며 천천히 올라갔다가 순식간에 바닥을 향해 떨어지며 속도가 붙었다. 통쾌함과 공포가 뒤섞인 비명이 놀이공원을 에워싼 하늘로 천둥처럼 울려 퍼졌다. 몇 명은 공포에 질려 울고 멀미를 했다. 줄이 너무 길어 롤러코스터를 타지 못할 것 같아 나는 가연의 팔을 잡고 줄에서 빠져나왔다. 대신 바이킹과 대관람차와 빙글빙글 돌아가는 컵을 탔다. 귀신 동굴에도 들어갔다. 햄버거와 팝콘을 먹으며 우리는 시간 가는 줄 모르고 신나게 놀았다.

그날을 생각하자 팝콘이 하늘에서 눈처럼 내리는 느낌이었다.

나는 대뜸 가겠다고 문자 메시지를 날리고 싶었다. 몇 번이나 망설이다가 나는 핸드폰을 닫아버렸다.

'가연이와 함께 있으면 재수 없는 일이 생겨.'

이 말이 요즘 우리 반 분위기였다. 상처가 덧날 줄 알지만 가려움을 참을 수 없어 긁고 또 긁어대는 손과 같았다. 나는 그 말이 얼마나 엉터리인 줄 안다. 가연이에게 보이는 아이들의 혐오감은 이유가 없었다. 있다면 다른 사람의 고통을 헤아리지 못하는 둔감. 가연이는 진이가 슬쩍 긁은 종기가 되어버렸다. 내 다리에 생긴 피부병과 같았다.

식당에서 가연이가 넘어진 날 이후 내 다리에 뾰루지가 생겼다. 처음에는 무릎 부근만 가려웠는데 차츰 허벅지 쪽으로 올라갔다. 깍두기 국물 묻은 손으로 무릎을 긁은 것이 화근인 것 같았다. 처음에는 슬쩍 긁었을 뿐이다. 무릎에서 허벅지 안쪽으로 올라온 가려움증은 쉽게 가라앉지 않았다. 낮에는 견딜 만했다. 하지만 밤이 되면 못 견디게 가려웠다. 인터넷을 하다가 혹은 수학 문제를 풀다 보면 내 손은 어느새 허벅지 안쪽을 긁고 있었다. 상처를 긁어대는 통에 피딱지가 생겼다가 떨어지기를 반복했다. 피가 날 때까지 긁어도 여전히 가려웠다. 긁으면 긁을수록 더 가려웠다.

학원에 가기 전에 숙제를 끝내야 했다. 생각해보니 이번 주말은 학원에서 시험을 보는 날이었다. 학원에서는 격주로 시험을 보았다. 2학기가 되면 주말마다 시험을 본다고 했다. 어차피 놀이공원에 갈 수 없었다. 학원 갈 준비를 하는데 엄마가 현관문을 열고 들어왔다.

"간식 먹었니?"

"응, 엄마 연습 잘 돼?"

엄마의 표정을 보니 나쁘지 않은 것 같았다. 서울에 온 후로 엄마는 한껏 멋을 부렸다. 시골에서 왔다 하면 사람들이 한 수 낮춰 본다고 믿었다.

"얼른 가. 학원 늦겠어."

"엄마, 다리에 피부병 생겼나 봐. 가려워 죽겠어."

"다리, 어디?"

치마를 입었으면 그냥 보여주었겠지만, 바지로 갈아입은 후라 손바닥으로 허벅지 안쪽을 가리켰다.

"학원 갔다 와서 나중에 보자. 쓸데없이 자꾸 긁지 마. 더 심해질지도 모르니까."

"가려워 미치겠는데 어떻게 안 긁어."

나는 팩 소리를 질렀다. 엄마가 놀라 눈을 크게 뜨고 나를 보았다.

시험을 앞두고 가연이가 며칠째 결석을 했다. 가연의 자리가 비었는데 아무도 궁금해하지 않았다. 기말시험을 대비해 늦은 밤까지 이어지는 학원 특강 때문에 첫 시간부터 졸음과 싸워야 했다. 반 아이들 모두 비슷한 처지라 가연에게 관심을 보일 여유가 없었다. 6교시를 마치고 집에 가면 엄마는 레슨을 받으러 가고 없었다. 엄마는 날이 어둑해져야 돌아왔다. 주중에는 엄마와 병원에 함께 갈 시간이 없었다. 엄마는 의료보험 카드를 주며 혼자 피부과에 가라고 했다. 팔뚝이나 얼굴이라면 벌써 갔을 것이다. 하지만 허벅지 안쪽이었다. 게다가 동네 피부과 의사 선생님은 젊고 잘생긴 남자였다. 치마를 들치고 허벅지를 보여주는 것이 창피했다. 도저히 혼자 갈 용기가 나지 않았다.

아침부터 허벅지가 가려웠다. 처음에 조금 가려울 때 손을 댄 것이 잘못이었다. 나는 치마 위로 다리를 긁었다. 가려움은 점점 심해졌다. 치마 위로 긁으니 조금도 시원하지 않았다. 치마를 들치고 긁어댈 수도 없었다. 손톱을 세워 허벅지를 찔렀다. 손을 댈수록 가려움은 심해졌다. 나는 슬그머니 자리에서 일어났다. 땡자는 시험이 얼마 남지 않았으니 자습을 하라고 하고, 어쩐 일인지 감독도 하지 않고 교실을 나갔다. 평소와 달리 아이들은 떠들지 않았다. 나는 발끝을 들고 복도를 지나 화장실로 갔다. 화장실 문을 닫자마자 치마 아래로 손을 넣어 허벅지를 긁었다. 손이 움직이는 대로, 숨통이 트였다. 살 것 같았다. 하지만 그간의 경험으로 보아 한 번 긁기 시작하면 계속 긁어야 했다. 변기 위에 걸터앉아 허벅지를 보았다. 짐승이 할퀸 것처럼 붉은 손톱자국이 어지럽게 나 있었다. 상처에는 피가 맺혀 있고, 딱지가 떨어진 곳도 있었다. 손을 떼자 금방 가려워졌다. 손바닥으로 상처를 찰싹 소리 나게 때렸다. 손바닥으로 따끔하게 때리면 순간적으로 시원했다. 한참을 그러고 있자니 화가 치밀었다. 혼자서 병원에도 못 가는 내가 바보 같았다. 칼이 있다면 상처를 도려내버리고 싶었다. 무언가 속에서 울컥 올라왔다. 손에 잡히는 것은 모조리 깨버리고 싶었다. 하지만 좁은 화장실 안에서 내가 할 수 있는 일은 변기에 걸터앉아 다리를 긁는 것 외에는 아무것도 없었다.

무작정 화장실에 있을 수는 없었다. 복도로 나와 발끝으로 살금살금 걸었다. 그때 교무실에서 땡자와 학생부장과 학부모로 보이는 누군가가 나왔다. 학생부장의 사랑의 매가 내 머리 위로 쏟아지겠거니 생각했다. 수업 중에 복도를 어슬렁거리다 걸리면 한두 대로 끝나지 않았다. 나는 순교하는 심정으로 조용히 걸어갔다. 세 사람은 내 옆을 지나 계단 쪽으로 갔다. 세 사람 모두 석고로 뜬 것처럼 얼굴이 굳어 있었다. 복도 한편에 다소곳이 서 있는 내가 그들에게 보이지 않는 것 같았다. 나는 무사한 머리통을 문지르며 교실로 갔다.

시험을 앞두고 학교는 차분히 가라앉았다. 쿵쾅거리며 복도를 뛰어다니던 아이들도 발소리조차 내지 않고 걸었다. 아이들은 주문을 외듯 수학 공식이나 영어 단어를 중얼거리며 돌아다녔다. 마치 딴사람이 된 것 같았다. 쉬는 시간마다 모여 소란을 피우던 진이 패거리도 조용했다. 학생부에 불려갔다 온 이후 진이는 책상에 엎드려 있었다. 잠을 자는 것은 아닌 것 같았다. 두 팔에 얼굴을 묻고 있는 모습은 만사가 귀찮다는 태도였다.

시험 날 가연은 학교에 왔다. 그동안 심하게 앓았는지 얼굴이 해쓱했다. 가연을 다시 보게 되어 기뻤다. 학교를 그만둘지 모른다는 소문이 돌았기 때문이었다. 땡자는 아무 일도 없는 듯 표정 하나 바꾸지 않았지만 알 만한 애들은 알았다.

"진이 엄마가 오히려 펄펄 뛰었대. 친구끼리 핸드폰 빌려 쓰고, 빵 좀 사다 달라고 한 게 무슨 죄냐고. 돈을 빼앗거나 폭행한 것도 아닌데, 반성문을 쓰라거나 사과하라고 하면 교육청에 진정서 내겠다고 난리를 쳤대. 학생부장과 땡자가 진이 엄마에게 쩔쩔맸다고 하더라."

점심시간에 경서가 소곤거렸다.

나는 작은 읍내를 떠올렸다. 그곳에서의 마지막 1년은 죽고 싶은 생각뿐이었다. 고층 건물에서 뛰어내릴까 생각을 했으나 뛰어내릴 만한 높은 건물이 없었다. 수면제를 구하려고 했다. 하지만 처방전도 없이 어떻게 약을 사야 할지 알 수 없었다. 약을 살 수 있다고 해도 손바닥만 한 곳이라 약국에서 당장 부모에게 연락이 갈 것이었다. 칼로 손목을 긋는 것이나 물에 빠져 죽는 것은 너무 무서웠다. 목을 매다는 것이 쉬울 것 같았지만 용기가 나지 않았다. 죽는 것은 생각보다 어려웠다. 그렇다고 살아 있는 게 죽는 것보다 쉬운 것도 아니었다. 키도 크지 않고 몸무게도 늘지 않았다. 겨우 열다섯 살에 나는 성장이 멈췄다.

그럴 즈음 기적이 일어났다. 나를 아는 애가 하나도 없는 세상에 온 것이다. 내게 너무나 큰 행운이 왔기 때문에 나는 겸손하게 살기로 했다. 다시 지옥에 떨어질 수는 없었다. 아버지가 생일 선물로 사준 아이패드를 자랑하다가 미운털이 박힌 나는 핸드폰 외에는 아무것도 갖지 않았다. 가방이나 지갑, 이어폰 같은 작은 전자기기까지 남의 눈에 띌 만큼 비싸거나 화려한 소지품은 처음부터 손에 넣지 않았다.

진이는 반성문 몇 장으로 면죄부를 받은 것 같았다. 땡자는 가연이가 다시 학교에 나왔고, 그래서 문제가 해결되었다고 생각하는 것 같았다. 가연이도 진이를 용서했을까? 진이가 풀이 죽은 것은 가연이가 학교에 오지 않은 며칠뿐이었다. 가연이가 학교에 오자마자 진이는 예전으로 돌아갔다. 나는 옆 테이블에 앉아 밥을 먹고 있는 진이를 쳐다보았다. 진이의 눈 안쪽에서 음습한 기운이 출구를 찾아 맹렬히 돌아다니는 것이 느껴졌다.

"왜? 뭐 할 말 있어?"

진이가 내 눈을 쏘아보며 물었다. 나는 얼른 진이의 눈을 피했다. 진이의 시선이 뺨에 들러붙어 끈적거리는 것 같았다. 나는 젓가락을 잡은 손가락이 으스러지게 힘을 주었다. 허둥지둥 눈길을 돌리다니, 게다가 초등학생처럼 고개까지 좌우로 세차게 흔들었다. 진이는 벌써 나를 파악했을지도 모른다. 약점을 잡혔다가는 끝장이었다. 나는 고개를 숙이고 국을 퍼먹었다. 분노와 뒤섞인 두려움이 가슴속 깊은 곳에 웅덩이를 만들었다. 급히 눈길을 떨어뜨린 것이 마음에 걸렸다. 이삼 초라도 버티다가 눈길을 돌렸으면 좋았을 텐데. 약하게 보였다가는 다시 그때로 돌아갈지 모른다. 내 과거는 깨끗이 세탁되었다. 이곳은 내게 새로운 삶의 장이다. 가끔 중3 때를 떠올리면 맨손으로 칼날을 잡은 느낌이었다.

수업 시작종 울리기 2분 전. 문자나 전화 온 것이 있는지 확인했다. 아무것도 없었다. 핸드폰 전원을 껐다. 수업 중 전화가 울리면 가차 없이 압수다. 압수된 전화기는 학기가 끝나야 돌려준다고 담임이 말했다. 담임이 핸드폰에 관한 규칙을 선포할 때 아이들은 발을 구르고 책상을 두드렸다. 서른 명 중에 핸드폰 없는 아이는 없었다. 누구든 걸릴 가능성이 있었다. 동질성을 느끼며 한마음이 되는 경우는 대개 이럴 때였다. 담임은 조직을 결속시키는 자기 능력에 기쁨을 느끼는 듯 입술을 약간 비틀었다. 어떻게 보면 비웃는 것 같았다. 하지만 그것은 속

마음을 감추려는 의도임이 분명했다. 담임은 아무리 큰일이 벌어져도 표정 하나 변하지 않았다. 학기가 시작된 지 얼마 지나지 않아 우리는 담임의 심장이 얼음으로 만들어진 것임을 알아챘다. 첫 별명은 얼음 마녀였다. 마녀라는 단어는 어쩐지 담임의 이미지와 딱 떨어지지 않았다. 마녀 대신 얼음 땡으로 부르다가 땡자가 되었다.

진이가 땡자에게 핸드폰을 압수당한 것은 시험이 끝난 다음 날이었다. 수업 중에 문자를 확인하다 걸렸다. 담임은 벌을 세우거나 꾸중을 하지 않았다. 그냥 손을 내밀었다. 진이는 황급히 핸드폰의 문자를 지웠다. 담임은 진이가 문자를 다 지울 때까지 기다렸다. 너의 사생활을 간섭할 의도는 추호도 없다는 태도였다. 진이는 담임 손바닥 위에 핸드폰을 던지듯 내려놓았다.

"여름방학 하는 날 받으러 와."

그날 진이는 외마디 비명을 질렀지만 땡자는 못 들은 척했다. 나는 핸드폰을 가방 깊숙이 밀어 넣었다.

"야, 매점에 가 빵 좀 사 와. 배고파 미치겠어."

진이의 목소리를 듣는 순간 나는 굳어버렸다. 눈동자만 옆으로 굴려도 가연이와 진이를 볼 수 있었다. 하지만 나는 사냥개에게 목이 물린 토끼처럼 꼼짝도 할 수 없었다. 머릿속이 하얗게 비었다. 누구도 눈치채지 못하게 깊이 숨을 들이마셨다가 천천히 내뱉었다. 마음을 진정시킬 때 약간의 효과가 있었다. 나는 가연이 단호하게 거절하기를 기대했다.

"빵이 먹고 싶으면 네가 가!"

나는 진이의 얼굴에 대고 고함을 지르고 싶었다.

매점은 지하에 있다. 교실은 4층이다. 담임은 정확한 시각에 교실에 들어올 것이다. 담임에게 걸리면 수업이 끝날 때까지 복도에 서 있어야 했다. 교무실로 가는 길목이었다. 담임은 자기 손에 피를 묻히는 스타일이 아니었다. 선생님들은 출석부나 막대기로 복도에 선 제자에게 애정 어린 관심을 보이길 좋아했다. 그래야 좋은 선생인 것처럼 말이다. 특히 우리를 향한 학생부장의 사랑은 눈물이 핑 돌 정도로 충만했다. 복도는 스승의 사랑을 증명하는 신전의 회랑이었다. 가연이 말없이 의자를 뒤로 밀고 일어났다. 매점까지 직선으로 떨어졌다가 공처럼 튀어 오르지 않는 이상 담임보다 먼저 올 수는 없었다. 진이와 승희는 뒷문으로 나가는 가연을 바라보며 낄낄댔다.

"뭐야? 너 또 반성문 써야겠다."

패거리들이 진이 주변에 몰려 떠들었다. 다른 아이들은 아무것도 보지 못하고 듣지 못한 것처럼 행동했다. 진이가 반 아이들이 모두 들으란 듯 큰 소리로 말했다.

"재수 없는 년이 핸드폰 빌려달랬더니 없다고 그러잖아."

"가연이도 땡자에게 핸폰 뺏겼나?"

"웬걸, 가방을 뒤졌더니 나오더라고. 집에 두고 온 줄 착각했다는 거야."

"거짓말하는 년이 제일 싫어."

진이가 비아냥거렸다.

담임은 빈자리를 힐끗 보았을 뿐 별말이 없었다. 지하의 매점까지 기어서 갔다 와도 올 시간이었다. 기척이 들릴 때마다 뒤돌아보았지만 누군가 책을 떨어뜨렸거나 의자를 끄는 소리였다. 열어 둔 창을 통해 이따금 운동장에서 함성이 들려왔다. 피구를 하는 소리였다. 필기를 하면서 내 신경은 온통 가연의 빈자리에 가 있었다.

"정가연 어디 갔어?"

마침내 담임이 물었다. 아무도 대답하지 않았다. 교실은 이상한 침묵으로 빠져들었다. 그때 전화벨 소리가 들렸다. 땡자는 날카로운 눈으로 교실을 둘러보았다.

"가지고 나와."

걸 그룹의 최신 인기 가요는 자신을 사랑해 달라는 노랫말을 몇 번이나 반복했다.

"빨리 나와."

담임의 목소리가 조금 높아졌다. 아이들은 서로의 얼굴을 쳐다보았다. 담임이 소리가 나는 곳으로 걸어갔다. 담임은 비죽이 열린 가방에서 핸드폰을 꺼냈다. 그때 가연이 교실 뒷문으로 그림자처럼 들어왔다.

"어디 갔다 오는 길이야?"

가연이는 고개를 숙이고 바닥을 내려다보았다.

"핸드폰 네 것이지?"

담임이 가연이 앞에 빨간색 핸드폰을 내밀었다. 가연이는 무슨 말을 하려는 듯 고개를 들고 담임을 쳐다보았다. 손에 투명한 비닐로 포장된 빵이 들려 있었다. 담임은 한심해하는 표정이었다.

"복도에 나가서 빵 입에 물고 서 있어."

순간 교실이 잠깐 술렁거렸다. 가연이는 충격을 받은 표정으로 못 박힌 듯 서 있었다. 아이들은 어둠 속에서 맹수를 피해 숨어 있는 어린 짐승처럼 숨소리조차 내지 않았다.

담임은 칠판에 적어놓은 화학 기호들을 설명하기 시작했다. 교실을 나가는 가연의 뒷모습이 마치 허물어져 가는 낡은 건물처럼 느껴졌다.

수업이 끝난 후, 가연이가 작은 목소리로 말했다.

"집에 같이 갈래? 이야기하고 싶은 게 있어."

가연의 표정이 너무 간절해 차마 거절할 수 없었다. 나는 교과서를 가방에 넣고 어깨에 둘러멨다. 가연이와 함께 교실을 나오는데 경서가 불렀다.

"유진아, 어디 가? 음악반 연습 있어. 빠지면 안 돼."

방학 중에 어머니오케스트라반과 함께하는 공연이 잡혀 있었다. 연습에 빠지면 공연에 참여할 수 없었다. 음악반 전원이 학원 시간을 조절해 가며 맹렬히 연습 중이었다.

"앗, 깜박했다. 어떡하지."

연습을 때려치우고 가연이와 가버릴까 생각했다. 분식집에서 떡볶

이와 튀김을 먹으며 오늘 하루만이라도 나와 가연의 어깨를 짓누르는 무거운 짐을 내려놓고 싶었다. 경서가 망설이고 있는 내 팔을 잡아끌었다. 계단을 내려가기 전에 돌아보았더니 복도에서 가연이가 이쪽을 보고 있었다.

"나중에 전화할게."

그렇게 말했지만 나는 전화를 하지 못했다. 음악 연습을 끝낸 후, 학원에 갔다가 집에 돌아가니 열두 시가 가까웠다. 세수도 못 하고 그냥 쓰러져 잤다.

아침밥도 못 먹고 학교에 갔다. 가연이가 담임에게 불려 간 것은 첫째 시간이 끝난 후였다. 누구도 가연이가 오랫동안 돌아오지 않는 것을 궁금해하지 않았다. 지각과 결석이 잦은 터라 그런가 보다 하는 분위기였다 가연이는 점심시간이 될 때까지 오지 않았다.

교무실을 지나치면서 창문을 슬쩍 들여다보았다. 담임도 가연이도 보이지 않았다. 화장실을 가는 척하고 학생부실 근처에 가보았다. 창문이 머리 위로 나 있어 아무것도 볼 수 없었다. 가연이에게 '어디 있니? 왜 안 와?'라는 문자를 보낸 직후, 나는 화들짝 놀랐다. 땡자가 가연이 핸드폰을 갖고 있다는 것을 잊고 있었다. 나는 주먹으로 아둔한 내 머리통을 쥐어박았다.

봉사 활동 준비와 학교 수업, 학원을 마치고 돌아오면 몸에서 알갱이가 빠져나가버린 것 같았다. 방학이 시작되면 어머니오케스트라반과 함께 연습한다고 했다. 대부분 아이가 학원과 과외 때문에 연습 시간을 많이 낼 수 없었다. 그렇지만 짧은 시간에 전통과 역사에 걸맞은 수준에 도달해야 했다. 엄마가 어떻게 나를 음악반에 집어넣었는지 신기했다. 나는 엄마의 능력을 다시 평가해야겠다고 생각했다.

"담임이 너 지금 교무실로 오래."

"왜?"

"나도 몰라. 교무실 갔다가 빨리 음악실로 와."

경서는 궁금한 듯 내 얼굴을 유심히 살폈다.

담임은 내게 가연이와 친하냐고 물었다. 가연이는 나의 첫 친구였다. 속마음을 털어놓을 정도였다. 그러니까 친하다고 할 수 있었다. 그런데 나는 얼른 대답할 수 없었다. 식당 사건 이후, 가연이와 마주 보고 잠깐 이야기를 나눈 적조차 없었다.

담임은 펜으로 책상을 톡톡 두드렸다. 에어컨을 끄고 창을 열어둔 탓에 여름 한낮의 열기가 고스란히 들어왔다. 나는 땀을 흘리며 서 있었다. 생각난 듯 매미가 애처롭게 울었다. 내가 얼른 대답하지 못하자 땡자는 다른 질문을 했다.

"가연이 남자 친구 누구인지 아니?"

내가 아는 한 가연이에게 남자 친구 같은 건 없었다. 담임은 왜 엉뚱한 질문을 할까? 진이 패거리가 가연을 어떻게 괴롭히냐고 물어야 하는 것 아닌가? 그 생각을 하느라 나는 없다가 아니라, 모른다고 대답했다는 것조차 알지 못했다.

"진이가 가연이에게 핸드폰 빌리는 것 봤니?"

진이는 가연을 늘 구석진 곳으로 데려갔다. 쓰레기 소각장 뒤쪽은 진이 패거리들 외에 누구도 발을 들여놓지 않았다. 가연이는 진이를 따라 음습한 그늘로 뒷모습을 보이며 사라지곤 했다. 그곳에서 무슨 일이 벌어지는지 나는 잘 알고 있었다.

담배를 피우거나 핸드폰으로 학교 밖에 있는 다른 애들과 연락해 만나자고 약속하거나, 간밤에 놀았던 이야기나, 반은 욕으로 이어지는 대화를 나눈다. 자신의 열등감이 투사된 아이들에게 욕설을 퍼붓고 협박을 한 다음 두려움에 떠는 상대를 보며 만족해한다. 중학교 때 나는 가끔 그늘진 구석에서 욕을 먹고 따귀를 맞고 머리채를 잡혔다. 허벅지나 등, 가슴이나 겉에서 보이지 않는 부위에 짙푸른 멍을 달고 살았다. 핸드폰을 빌려 쓰는 일은 아무것도 아니다.

담임은 재촉하듯 펜으로 책상을 톡톡 쳤다.

"아니요."

나는 땡자가 내게 가연이 남자 친구가 있냐고 했는지, 진이가 가연이에게 핸드폰을 빌려 썼냐고 물었는지 헷갈린 채로 대답했다. 담임은 노트에 무언가 기록하면서 물었다.

"가연이가 진이에게 핸드폰 안 빌려준다고 했니?"

"그게 아니라 거짓말을 했다며……."

나는 명쾌하게 상황을 설명할 수 없었다. 진이 같은 아이를 떠올리면 머릿속이 고장 난 회로처럼 헝클어져버렸다.

"진이가 가연이에게 빵 사 오라고 했어?"

나는 실내화 속에서 발가락을 꼼지락거렸다.

"진이가 체육 시간에 발을 삐었다는 게 사실이야?"

그러고 보니 그날 진이가 체육 시간에 도움닫기를 하다가 넘어져 절룩거렸던 것 같기도 했다. 그러나 그건 발을 삔 것과 상관없는 일이었다. 나는 가연이가 매점에 가기 직전의 상황을 떠올려보았다. 가연이가 배고프면 네가 사와, 라고 말했던 것 같기도 하고, 내가 갈게, 라고 했던 것 같기도 했다. 가연이와 자주 만나니? 아니요. 최근에 저녁에 만난 일 있니? 아니요. 진이가 네게도 핸드폰 빌리니? 아니요. 나는 담임의 질문에 '네', '아니요'가 아닌 다른 말을 하고 싶었다. 어떻게 말해야 담임에게 진실을 전할 수 있을까를 생각했다.

"그만 가봐라. 음악반이지? 열심히 해라."

담임은 펜을 꽂은 채로 노트를 덮었다. 나는 담임이 어떤 결론을 내렸는지 알고 싶어 머뭇거렸다.

"이제 가도 좋아."

피아노 반주에 맞춰 노래를 부르는 소리가 희미하게 들려왔다. 가도 좋다는 말에 나는 무슨 말을 해야 할지 고민하지 않아도 된다는 마음에 안도했다.

방학하는 날, 가연이는 결석을 했다. 어디가 아픈지 걱정이 되었다.

성적표를 받아보니 중간고사 때보다 성적이 좀 올랐다. 종합반에 들어가길 잘했다고 생각했다. 학원 종합반은 방학 동안 학교와 똑같이 수업을 진행한다고 했다. 이런 식으로 대학에 갈 때까지 공부해야 한다고 생각하니 조금 우울했다. 게다가 광복절 행사 준비 때문에 음악반 역시 쉴 수 없었다. 음악반 아이들은 투덜대면서도 연습에 빠지지 않았다. 모두 단추를 누르면 움직이는 자동 인형이 된 게 아닌가 싶었다. 엄마는 고교 3년이 내 나머지 인생을 결정한다고 했다.

"일류 대학 나와 대기업에 취직해야 해. 엄마가 다 알아서 할 테니 너는 공부만 해."

엄마는 갑자기 내게 무한한 애정을 쏟았다. 처음에는 눈물겹게 고맙던 엄마가 부담스러웠다. 엄마를 실망하게 할까 봐 불안했다. 올랐다고는 하나 내 성적은 중간에서 약간 위일 뿐이었다.

밤이 되자 비가 내렸다. 열어둔 창으로 빗방울이 들어왔다. 텔레비전을 보다가 일어나 베란다 문을 닫았다. 아빠는 스포츠 뉴스가 끝나자 안방으로 들어갔다. 텔레비전에는 핸드폰 광고가 나왔다. 일등이 아니면 누구도 기억하지 않는다. 우리 회사 핸드폰은 최고다. 이것을 가지면 누구나 당신을 기억할 것이다. 그러니 당장 사라는 광고였다. 광고를 보다가 나는 짧게 신음을 토했다. 급히 방으로 가서 가방을 뒤졌다. 핸드폰이 그대로 들어 있었다. 가연이에게 갖다주라고 담임이 내게 부탁한 것이다. 학원에 갔다 와서 까맣게 잊고 있었다.

"엄마, 지금 전화하면 안 될까?"

연속극이 막 시작되었다. 엄마는 텔레비전에 코를 박고 앉아 건성으로 말했다.

"밤이 늦었는데 누구에게 전화한다고?"

"가연이 핸드폰 갖다줘야 하거든."

엄마는 텔레비전에서 눈을 떼고 나를 보았다. 동그란 두 눈이 반짝거렸다.

"가연이 핸드폰을 왜 네가 갖고 있어?"

진지한 엄마의 눈을 보자 자초지종을 털어놓고 싶은 마음이 꿈틀거렸다. 순간 왕따였던 중학교 때의 일이 파노라마처럼 지나갔다. 부모에게나 담임에게 알리면 죽는다. 내 뒤에 누가 있는지 알지? 나를 협박하면서 애들은 손바닥을 펴 칼처럼 내 목에 갖다 댄다. 온몸에 진땀이 솟았다. 엄마는 내 쪽으로 선풍기를 돌려주었다. 가연이가 담임에게 핸드폰을 뺏겼다고 간단히 설명했을 뿐인데 엄마는 깨달음에 다다른 표정이다.

"가연이가 고막이 찢어졌다는 게 진짜가 보네. 화가 난 가연이 아빠가 뺨을 한 대 때렸는데 정통으로 맞았단다."

나는 두 눈을 휘둥그레 떴다. 엄마는 그 소문을 어머니오케스트라반에서 들었다고 했다.

"담임이 가연이 엄마에게 전화해서 가연이가 남학생들과 술집이나 노래방에서 자주 만나 노는 것 같으니 집에서 신경을 써달라고 했대. 지금 단속하지 않으면 대학 가기 어렵다고 했단다."

"말도 안 돼. 땡자, 돌았나 봐."

나도 모르게 비명을 질렀다. 내 방으로 달려가 가연의 핸드폰을 켜 보았다. 전원이 들어오지 않았다. 충전기를 꽂았다. 핸드폰을 켜고 문자를 열어보았다. 아무것도 없었다. 수신과 발신 문자는 물론 통화기록까지 깨끗이 지워져 있었다. 핸드폰을 들고 있는 손이 떨렸다. 가연이네 집 전화번호를 눌렀다. 신호가 가는데도 전화를 받지 않았다. 역시 너무 늦었나, 하고 생각했다. 오랫동안 신호가 울려도 전화를 받지 않았다. 끊으려는데 누군가 전화를 받았다.

"저, 가연이 친군데요, 늦은 시간에 죄송하지만, 가연이 좀……"

하는데 전화가 뚝 끊겨버렸다. 핸드폰을 든 채 한참 동안 앉아 있었다. 불쾌하거나 서운하지 않았다. 담임에게 '네', '아니요'로만 대답했던 것에 대한 벌이라고 생각했다. 가연이에게 핸드폰을 전해줘야 한다는 것조차 잊고 있었다. 가연이와 함께 있으면 손해를 볼까 봐 피해 다니기까지 했다. 나는 어느새 가려운 종기를 긁어대는 여러 손 중 하나가 되어 있었다.

창을 열자 빗방울이 들어왔다. 나는 창가에 붙어섰다. 길 건너 가연이네 집 불빛이 빗속에 부옇게 보였다. 멀리서 낮은 천둥소리가 비바람에 섞여 들렸다. 고층 아파트는 비를 맞으며 어둠 속에 서 있었다. 천둥소리가 좀 더 가까이서 들렸다. 일기예보대로 태풍을 동반한 비가 본격적으로 내릴 모양이었다. 나는 창턱에 배를 붙이고 윗몸을 창밖으로 내밀었다. 가연이네 베란다에 검은 물체가 그림자처럼 서 있는 것이 눈에 들어왔다. 비바람 사이로 보이는 것이 사람인지, 화분에

심은 나무인지 구별할 수 없었다. 귀청을 찢을 듯 하늘이 쪼개지는 소리가 났다.

잠시 후, 번개가 시퍼렇게 주변을 밝혔다. 15층 베란다에 서 있는 것은 화분의 나무나 건조대에 널어놓은 빨래가 아니었다. 사람이었다. 빛이 사라지자 세상은 다시 어두워졌다. 그림자가 움직였다. 베란다 밖으로 몸을 내민 것처럼 보였다. 가슴이 심하게 쿵쾅거렸다. 베란다에서 눈을 뗄 수가 없었다. 내가 할 수 있는 일은 베란다를 지켜보는 것뿐이었다. 아무것도 할 수 없는 내가 부끄러웠다.

신경을 곤두세우고 건너편을 바라보다 나는 화들짝 놀랐다. 창과 벽과 방이 점점 커졌다. 손에 들고 있는 핸드폰은 몇 배나 커졌다. 자세히 보니 방이 커지는 게 아니라 내 몸이 줄어들고 있었다. 키가 줄고 손과 발이 작아졌다. 이마가 창문 아래쪽에 가 닿았다. 창밖은 이제 더는 보이지 않았다. 적어진 손으로 잡을 수 없게 된 핸드폰이 바닥에 떨어졌다. 덜컥 겁이 났다. 이런 식으로 줄어들면 마침내 나는 하찮은 벌레가 되어버릴지도 모른다. 나는 힘겹게 핸드폰 폴더를 열어 번호를 눌렀다. 비바람을 뚫고 건너편으로 날아가는 신호음이 들렸다. 핸드폰에 얼굴을 바싹 갖다 댔다. 핸드폰은 이제 내 몸만큼 커졌다. 나는 양팔을 벌려 기둥처럼 핸드폰을 껴안았다. 가연이가 전화를 받으면 롤러코스터를 타러 가자고 말하고 싶었다.

"그동안 잘 지내셨어요? 선생님이 갑자기 학교를 그만두셔서 궁금했거든요."

그녀는 나를 물끄러미 보면서 희미하게 미소 지었다. 보일 듯 말 듯 미소는 곧 사라졌다.

가연이 죽은 후, 한동안 가연이 남자 친구와 술집과 노래방을 드나든 날라리였다는 소문이 돌았다. 소문을 퍼뜨린 장본인이 나인 것 같아 무섭고 두려웠다. 담임을 찾아가 우리가 실수했는지, 만약 그랬다면 어쩔 수 없는 상황이었다는 변명을 해서라도 마음의 짐을 덜고 싶었다. 하지만 담임의 집도 전화번호도 알지 못했고, 찾아갈 용기는 더구나 없었다. 그녀와 무슨 말을 한단 말인가?

무덥던 여름방학이 끝나고, 학기가 시작되었는데 담임은 오지 않았다. 사표를 내고 학교를 떠났다. 가연이 부모가 이사를 갔다. 처음 시골에서 왔을 때처럼 나는 모든 걸 다시 시작하려고 애썼다. 오늘처럼 비가 오고 천둥이 치면 가슴이 하늘처럼 검게 물들었다. 나는 고작 열여덟 살이었다. 내 삶을 포기하기엔 너무 이른 나이. 어떻게든 마음을 추슬러야 했다.

여름방학 전, 교무실에서 담임과 내가 주고받은 말은 담임이 부재하므로 더는 나를 위협하지 않았다.

"박유진."

담임은 내 이름을 정확히 발음했다. 오래전 교실에서 출석을 부를 때처럼.

낡은 바바리는 그녀가 즐겨 입던 것이었다. 오래전 그녀를 기억하고 있는 내가 스스로 낯설었다.

"잘 지내는 것 같아 다행이구나."

무심해 보이는 얼굴과 달리, 그녀는 내가 잘 지냈다고 믿는 것 같았다. 사실이므로, 나는 선뜻 대답하지 못했다. 그녀는 진심으로 다행이라는 표정이었다. 그녀는 가방에서 천천히 우산을 꺼냈다.

"미처 우산을 꺼내기도 전에 비가 쏟아지더구나."

빛이 바래 골동품 같은 우산이었다. 그녀는 여전히 20년 전을 사는 사람 같았다. 옷도 가방도 신발도, 심지어 머리 스타일까지. 늙고 있는 얼굴만 아니라면, 나는 그 여름, 교무실에서 담임 앞에 선 그때로 돌아간 것 같았다.

그녀는 시간을 맞춰 가야 할 곳이 있다며 일어났다. 낡은 우산을 둔 채 카페를 나갔다. 그녀를 따라가 우산을 돌려주고 싶었다. 나는 끝내 일어나지 않았다. 그녀에게 딸려 온 과거가 불편했기 때문이었다.

나는 식은 커피를 느리게 마셨다. 사람들이 하나둘, 자리를 뜨면서 카페는 비어갔다. 창가 자리에 앉은 여자 두 명과 나, 세 명만 남아 있었다.

비 오는 거리를 내다보았다. 자동차 불빛이 도로의 물웅덩이를 붉게 물들이며 지나갔다. 그녀는 여전히 지난 시간 속에 존재하는 것 같았다. 아무것도 잊지 않고 흘려보낸 것 없이 말이다. 하지만 그걸 어떻게 알겠는가? 그녀가 어떤 삶을 살았는지는 내가 알 수 없는 일이다.

나는 그녀를 애써 부정했다. 몇 번이나. 테이블에 낯설게 놓여 있는 우산을 당장 쓰레기통에 던져버리고 싶었다.

커피잔 바닥이 드러날 때쯤, 나는 내가 싫어졌다.

아무 일 없는 것처럼 살았던 시간이 몹시 부끄러웠다.

출구 없는 삶에서 찾은 빛

박덕규

1. 결코 부재한 적 없어

2022년 상반기 현재, 국내총생산량(GDP) 세계 10위, 1인당 GDP 3만 4,994달러로 세계 20위권, G20 회원국, 올림픽과 월드컵을 모두 개최하고, 산업화와 민주화에 성공한 나라, 반도체 · 건설 · 조선 · 자동차 · 가전 · 식품 · 방위산업 등 하드웨어 분야나 K–POP · 드라마 · 영화 · 패션 · 클래식 콩쿠르 · 웹툰 등 문화예술 방면에서 두루 강대국이 된 나라. 아메리칸 드림이 있던 것처럼, 일본 제품을 사 오는 여행객들로 국제공항의 진풍경을 이룬 때처럼, 일자리를 찾아 먹을거리 즐길거리를 찾아 세계 여러 곳의 청 · 장 · 중년들이 몰려들고 있는 나라. 설마 이 나라를 모른다 할 수는 없겠지. 이 나라가 20세기 전반 식민지로 지배당하고 이후 국토 전역을 초토화한 전쟁을 겪고 나서 분단 휴전 상태로 70여 년을 지나고 있다는 것, 제2차 세계대전 이후 '관제 공화국'에서 시작해 '개발독재'의 통치 시스템으로 '경제개발'을 성취하면서 한편으로 인권 탄압과 노동력 착취에 맞서왔고, 이어 빈부격차와 이념 대립의 후유증에 시달리면서도 풍요와 자유를 구가하고 있다는 것에 대해서도 잘 알고 있을 터!

이 글이 이처럼 날로 부강해진 '이 나라'를 재확인하려는 취지로 서술되고 있을 리는 만무하다. 오늘의 주제는, 되새김할수록 자긍이 커지고 틈틈이 '국뽕'을 치솟게 하는 '한민족 근대사'의 이면에 오래도록 잠재하던 그림자(shadow)가 그사이 지울 수 없는 실체로 커져버렸다는 사실과 어우러진다. 비록 늦은 감이 들지만, 광란의 축제가 지나간 뒤 쓰레기들이 나뒹구는 거리에 홀로 남은 사람, 건배 건배를 외치며 마신 술에 취해 잠들었다가 부스스 눈뜬 몰골이 바로 자기 모습이며, 그 축제의 무도장에서 술을 나르고 우아한 술 쟁반을 받쳐 들고 거닐었을지언정 실은 단 한 번도 고객으로 초대된 적이 없는 사람이 바로 '나'라는 사실을 외면할 수 없다는 절박함을 붙든다.

1950년대 세계 최빈국에서 2010년대 G20 회원국으로 부상하는 사이, 여전히 극빈의 상태에서 벗어나지 못하는 자리도 있었다. 급진적인 경제개발의 한복판에 빌딩이 가득 차고 거기 매끈한 자동차를 타고 드나드는 사람들이 넘쳐나는 동안, 그 자동차 그 빌딩을 닦고 또 닦으며 밤낮으로 허리 한 번 제대로 펴지 못하는 사람도 있었다. 1990년대 말 IMF 구제금융기 시절, 위태로운 나라 살림을 되일으키려는 일념으로 돌반지 하나라도 갖다 바치던 고사리손의 가엾은 부모 중에는 뿌연 기운으로 새벽을 열고 깜깜한 밤하늘에서 별빛을 찾아내며 귀가하던 이들도 있었다. 코로나-19라는 괴이쩍은 전염병이 지구를 강타했을 때, 그저 얇은 종이쪽 같은 마스크 하나로 입 가리고 거리두기도 못 하는 일터로 나갔다가 일찍

불행을 당한 이도 있었다.

현대소설은 사회 현실에서 횡행하는 모순을 그 현장의 체험자를 내세워 증언하는 데서 뚜렷한 형태를 갖추었으며, 대표적으로 한국 단편소설이 지난 100년 넘도록 그러한 '겉과 속의 차이'를 하나의 집약된 상황으로 제시하면서 인물의 심정을 주목하는 양상으로 전개되어왔다. 이제 2020년대, 어쩌면 그 소설마저도 역사의 진화, 자본의 축적, 개인의 성취를 위한 최전선에 있었으나 그 어느 것도 자기 것으로 얻지 못한 이들의 모습을 흔해빠진 양상으로 치부하고 있는 게 아닌가 싶다. 오늘 배명희의 소설을 주목하는 이유도 여기에 있다. 자긍이 '국뽕'으로 자리바꿈하는 동안 '커진 그림자'에 압도된 이들이 결코 소수가 아니며 그 '다수'들이 최소한의 자기 영역을 확보할 수 있는 기회마저 박탈된 상태에 놓여 있음을 문학적으로나마 문제 삼지 않으면 안 된다.

2. 누가 그들을 이렇게

이 소설집의 앞자리에 놓인 「광장」은 생활전선에서 밀려나면서 일상을 주체적으로 꾸리지 못하는 노년층의 삶을 통해 오늘날 우리 사회가 얼마만큼 공허한 상태에 이르렀나를 확인하게 해준다. 여기에 '동원'된 인물은 하루의 낮을 공원에 모여 시간을 때우는 70대 노년층 남자들. 독거노인 박씨는 친구 변가와 더불어 골목 슈퍼마켓 주인을 아들로 둔 김씨가 베푸는 '새우깡과 막걸리' 덕에 공원의 명당인 느티나무 아래를 차지할 수 있었다. 그런데 골목까지 '침투'한 '대형 마트'로 슈퍼마켓이 부도나고 김씨가 그 충격으로 쓰러지면서 사정이 달라졌다. 게다가 이제 김씨가 사망한 상태. 박씨는 변가를 대동해 문상을 가려 하는데 변가는 모른 척하고 있다. 실은 둘 모두 조의금에 대한 부담이 상당하다. 변가는 얼마 전부터 '광장 집회'도 잘 빠지곤 했다. 오늘도 광장 집회에 동원돼 나가는 박씨는 도중에 옆길로 새는 변가 뒤를 좇게 된다.

2010년대 후반 '광장 집회'가 만연된 시대, 이들 노인들은 노인연합 사무실에 가서 강연을 듣고 '광장 집회'에 '동원'돼 나가 구호를 따라 외치는 것이 일상이 되었다. 참여만 하면 식사도 해결해주고 게다가 "국가와 국민을 위한"다는 '거창한 이름표'도 달아준다. '자식 새끼'를 포함해서 "평생 일을 한 이 손을 따뜻하게 잡아주는 사람은 아무도 없"는 상황이니 그들로서는 고맙기 그지없는 일이다. 어쩌면 그들로서는 그보다는 "어딘가 갈 수 있다는 것, 이 나이에 무엇인가를 할 수 있다는 것이 중요"한 것인지도 모른다.

하지만 사실 그들이 결코 그런 처지에 몰려서는 안 되는 존재임을 모르는 사람이 있을까. 그들은 자신을 이렇게 말한다.

> "대통령이나 잘난 몇 명이 아니라 우리가 열심히 일해서 세상을 이만큼 만든 거라고. 어깨를 쫙 펴고 다녀. 자, 어깨 좀 펴란 말이야."(변가)

> "나는 살아 있다. 왕년의 내가 여기 있단 말이야. 나 아니었으면 너희들은 없었다고. 까불지 말란 말이야. 이렇게 말해. 큰소리를 치라고."(김씨)

그들은 “희망에 대해 아무런 의심 하지 않던 푸르른 과거”에 온몸을 던져 “세상을 이만큼 만든” 사람들이었다. 그러니 “어깨를 쫙 펴고” “왕년의 내가 여기 있”다고 큰소리치고 다녀도 될 사람들이다. 한데 세월이 흐른 지금 그들은 어떤 상태에 놓여 있는가. 자본은 물론이고 가족으로부터도 소외돼 외따로 떨어져 나온 존재다. “의자의 차가운 감촉이 여윈 엉덩이에 고스란히 전해지는” 고독에 그들은 식권 한 장, 컵라면 하나에 유혹되고 “자신이 사회와 연결되어 있는 유일한 통로”의 광장으로 유인된다.

도대체 누가 그들을 이렇게 만든 것일까? 「광장」의 인물들은 작중에서 ‘정권 수호대’로 이용되고 있는 것으로 설정돼 있다. 그렇다면 그들을 그렇게 이용하는 자들은 ‘수구 세력’일 것이다. 그러나 이 소설이 비판하는 것은 그런 진영 논리로서가 아니다. 이 소설이 지목하고 있는 것은 작중 한 인물(변가)의 말처럼 “공장이나 도로, 작은 나사못 하나까지” 자기 손으로 만든 그들을 ‘폐기처분’한 사회 자체다.

「광장」이 노년층을 주 인물로 삼고 있는 데 반해 다른 소설들의 주인물은 대개 청장년층이다. 따라서 ‘청춘’이나 ‘젊음’, 즉 ‘미래를 향한 희망’ 따위를 드러낼 법도 한데, 전혀 그렇지 않다. 주거 지역으로만 봐도 이들 소설의 인물들도 「광장」의 그것과 크게 다르지 않다. 「페트병」의 시점인물은 재건축을 기다리고 있는 대단위 아파트에 일시 세 들어 살면서 천장에서 물이 새는 그 집에서 이사 갈 때까지 버텨야 하는 상황에 놓여 있다. 「노란 가로등」의 ‘나’는 “층간 소음으로 살인까지” 일어날 정도로 열악한, 노인들이 많이 사는 아파트에 거처하게 된 주부다. 「어둠 그 너머」의 일가족은 대출금으로 마련한 스무 평 아파트에는 들어가보지도 못하고 방 두 개짜리 다세대 주택에 살고 있다. 「재건축」은 재건축 가능성을 믿고 산 지 십수 년도 지난 때 다시금 '황금알을 낳는 닭'으로서의 '재건축 계획안'에 어수선한 서민 아파트가 주 공간이다. 「엄마의 정원」은 병원에 장기 입원한 엄마와 간병하는 딸 '기화'가 머무는 병실이 주공간이다.

이러한 주거환경은 작중의 그 인물들이 정규적인 경제활동을 영위하기 어려운 처지에 놓여 있다는 사실을 쉽게 짐작하게 만든다. 「노란 가로등」은 시점인물인 '나'의 식구 외에 입원 중인 어머니, 뇌경색 등으로 입원과 퇴원을 반복하는 동생, 치매 증상을 보이는 늙은 개 등을 등장인물로 거느린다. 제어력을 잃어버리고 밤새 짖어대는 개 때문에 이웃의 강력한 항의를 받은 '나'는 당혹스럽다. 동생 때문에 마련한 다른 아파트도 그 환경이 나을 것이 전혀 없다. 「어둠 그 너머」의 '나'는 월급을 받아 대출받은 학자금을 상환하는 데 주력하는 계약직 회사원이다. '공시생' 남자친구와 우아한 카페에서 커피를 마시며 데이트를 하고 나면 모텔 갈 돈이 모자라 고층 아파트 옆 스산한 공원에서 밀회를 즐겨야 한다. 그마저도 지나는 주민에게 자주 들켜 뜻을 못 이루고 만다.

「엄마의 정원」의 이혼녀 '기화'도 코로나-19로 재정 상황이 나빠진 출판사를 그만두고 나온 처지다. 출판사 대표와 결혼을 예정한 사이가 되어 있는데 그것을 추진할 가정 형편이 아니다. 아버지는 열 살 때 사고로 작고했고 어머니는 기화 남매를 키우기 위해 공장을 경영하는 나이 든 '아저씨'와 같이 살았다. 어머니는 기화가 어릴 때 그 아저씨에게 '몹쓸 일'을 당한 것이 새 결혼을 미루는 이유가 아닐까 생각하고 있다. 「재건축」의 '나'는 대출을 받아 낡은 아파트를 사서 이사 와 살면서 대출금 이자를 내는 데 급급한 삶을 살아온 처지다. 그사이 남편이 해외로 나갔고 다시 합칠 가능성이 희박하다. 화려한 재건축 계획안을 내세우는 무리가 있지만 그것에 동조하지도 그렇다고 특별히 외면한다 할 수도 없다. 「롤러코스터」는 학폭 피해자인데도 학교 당국의 보호를 받지 못해 자살로 생을 마감한 친구 가연에 대한 죄책감을 안고 살아온 '나'의 회상이 펼쳐진다. 가연의 자살 배경에 열악한 집안 환경이 자리함은 말할 것도 없다.

「페트병」의 시점인물은 물이 새는 천장을 해결하기 위해 위층 집을 찾아갔다가 충격적인 사실을 알게 된다. 위층에는 '우수이'라는 이름의, 피부색 짙은 외국인 남성을 비롯해 노동자 다섯이 거주하고 있다. 이들은 소규모 철근 공장에 다니는 노동자로 집주인이기도 한 사장에게 월세를 내고 살고 있다. 주인은 상수도관에 금이 가자(아래층 천장에 물이 새는 것도 그 때문이었다) 그것을 고치는 대신 그 노동자들에게 아예 물을 못 쓰게 했다. 수돗물을 쓸 수 없게 된 노동자들은 어쩔 수 없이 페트병에 물을 받아와 씻고 살았던 것이다. 그 노동자들은 그런 삶에서 벗어나기 위해 다른 공장으로 옮기려고 주인에게 도장을 찍어달라고 요청했다가 '끝도 없는 폭력'을 당한다.

「광장」의 노년층에서 「롤러코스터」의 고교생까지, 「엄마의 정원」의 이혼녀에서 「어둠 그 너머」의 예비 신부까지, 「노란 가로등」과 「재건축」의 가정주부에서 「페트병」의 외국인 노동자까지 불안정한 주거환경, 경제적 결핍에서 벗어나지 못하고 있다. 그들 중 일부는 '재건축'으로 단번에 신분 상승을 할 수 있다는 꿈을 현혹되기도 한다. "부촌 옆 동네, 서민 아파트 주민"으로서 "부촌의 담장 안에 편입되어 중산층이 되고 싶어 안달"(「재건축」)인 부류도 있다. 그러나 여러 편 소설의 주인공이 처한 상황처럼, 대부분은 재건축으로 얻는 집에 재입주하기까지 견딜 자본마저 '막판 대출'에 의존한 터라 그 꿈이 사상누각일 뿐이라는 걸 잘 알고 있다. 문제는 이것이 그 인물이나 그들이 사는 일부 주민의 경우인 것으로 개인적인 문제에 그치지 않는다는 데 있다. 우리 사회는 한동안 '재건축'이라는 꿈이 있었다. 연대로 보면 그것은 대체로 2010년대까지다. 그러나 2020년대, '재건축'으로 상징되는 서민의 꿈, 신분 상승의 기대는 결코 이룰 수 없는 허황된 꿈이라는 사실이 눈앞에서 확인되고 있다. 지금 이곳에서 더 높은 곳으로 가는 사다리는 완전히 부서졌다. 배명희 소설은 바로 그점을 보여준다는 점에서 시대적 새로움을 획득한다.

3. 그들에게 어떤 출구가

단편소설의 배경에 자본주의의 병폐가 놓인다는 것은 상식에 속한다. 이는 1920년대 「운수 좋은 날」(현진건), 1970년대 「삼포 가는 길」(황석영), 2000년대 「침이 고인다」(김애란)로 이어온 '집약적 서사'의 전통으로 간단히 확인된다. '식민지'–'개발독재'–'글로벌화'라는 시대적 변화에도 불구하고 그것들은 대개 '자본의 소외로 몰린 이들의 출구 없는 삶'을 묘사했다는 것으로 일맥을 이룬다. 물론 그 안에 어떤 희망이 내재되지 않은 것은 아니다. 특히 개발독재기의 소외계층은 '민중'이라는 개념으로 연대함으로써 미래를 향한 가치를 열어두었다. 사회각층에서 의미화되어온 소외계층은 그러나 글로벌시대를 맞아 연대 불가능한 '자가 난민(自家難民)'으로 고립되었으며 그 범주는 날로 넓어졌다. 배명희 소설의 인물들이 바로 그렇다.

그러나 '출구 없는 삶'은 바라봄의 대상이 되면서 다시 하나의 가능성으로 열리는 바, 이는 현실의 모순을 재현하고 그 병폐를 부각해온 소설에서도 마찬가지다. 그 삶은 현실에서는 괴로운 실제이자 실체이더라도 소설적 상황에 채택된 것으로 출구로 향하는 미세한 틈새를 찾은 것이 된다. 삶은 유지되는 한에는 그 안에 희망이 내재된 것이라 하겠으며, 문학이 극단의 비관을 파헤치는 이유도 또한 이런 데 있을 것이다. 가령, 「광장」의 노인들에게 제공된 '오늘'에는 '내일'이라는 출구가 없다. 오늘의 연장은 반복되는 일상으로써 상태의 악화를 드러내는 것이라 할 수 있다. 그러나 인간은 그 상태에서도 틈새로 새어든 빛을 보고 그것을 향해 나아간다.

> 스카프는 변가의 팔에 매달리며 활짝 피어나는 꽃처럼 입을 열었다. 연분홍 레이스가 감싸고 있는 얼굴은 어딘가 낯이 익었다. 하늘의 가장 높은 곳에 올라갔다가 기울어지기 시작하는 태양이 머리 위에 멈춰 있었다. 여자의 얼굴이 공기가 차오르는 풍선처럼 차츰 윤곽을 갖췄다. 박씨는 걸음을 멈췄다. 자기도 모르게 목구멍으로 꿀꺽 침이 넘어갔다. …(중략)… 잠시 후, 박씨는 지하철에서 내려 승강기에 몸을 실었다. 노인들을 빼곡히 싣고 승강기는 어두운 땅속에서 빛이 있는 지상으로 올라왔다. 문이 열리자 노인들은 김빠진 맥주처럼 승강기를 빠져나왔다. 힘을 잃고 밀려다니는 물결처럼 광장으로 향하는 행렬은 무기력하게 움직였다. 몸에 붙은 외로움은 이내 시들한 열기와 외마디 비명 같은 외침으로 바뀔 것이다. 그러다 보면 운 좋게도 더운 피가 잠시 돌지도 모르는 일이었다. 그렇지

않다면 오늘 하루, 고독을 어떻게 견디겠는가.

박씨는 친구 김씨의 장례식에도 가려 하지 않고 심지어 광장 집회에도 몸을 빼는 변가의 행동을 추적한다. 변가는 놀랍게도 '연분홍 레이스의 스카프'에 감싸진다. 그 스카프는 실제로는 평소 불법적인 매춘을 업으로 삼은 '박카스 아줌마'의 것이지만 변가에게는 그게 아니다. 그것은 "몸에 붙은 외로움"이 '외침'의 극단에 이르러 얻은 '더운 피'다. 비록 하루에 그치더라도 그것은 바닥까지 처진 몸에서 일어나는 생기로 살아난다. 그 생기는 변가의 몸을 거쳐 그것을 바라보며 외면하는 것으로 옹호한 박씨의 몸으로 번진다.

「노란 가로등」의 가정주부 '나'는 입원 중인 어머니와, 뇌경색 후유증으로 몸이 불편한 동생을 보살피기 위해 어머니의 집에 와 있다. 늙고 병든 반려견과 함께다. '나'는 남편의 경계에도 불구하고 어머니와 동생을 돌봐주는 때를 제외하면 대개 반려견과 함께 지낸다. 반려견은 이제 죽어가는 소리를 내는 상황에 처하는데, '나'는 끝까지 이를 보듬는다.

> 숄더백에 손을 넣고 더듬었다. 지갑, 수첩, 물휴지, 시폰 머플러와 파우치와 무엇인지 짐작이 가지 않는 것들이 두서없이 손에 잡혔다. 허리와 팔을 최대한 뻗었지만, 가방 밑바닥까지 손이 닿지 않았다. 가방을 끌어당겼다. 어딘가에 걸렸는지 숄더백은 조금 딸려오다가 더 이상 움직이지 않았다. 비는 차체를 우그러뜨릴 듯 사납게 떨어졌다. 푸른 섬광이 잠깐 차 안을 엿보았다. 전화벨은 천둥소리에 묻혀버렸다. 녀석은 놀랐는지 자기 몸통을 내게 화들짝 밀착시켰다.

나는 가방에서 손을 뺐다. 뒤로 뻗었던 몸을 당겨 녀석의 여윈 등을 쓸어주었다. 누가 전화를 했든 나의 대답은 뻔했다.

"비가 내리지만, 여기는 괜찮아. 다 괜찮아."

천둥 번개에 겁을 먹은 녀석을 무릎 위에 올렸다. 늙은 녀석과 단둘이 비 소리를 듣고 있자니 조금 쓸쓸했다.

'나'는 인간의 집에서 곱게 눈 감지 못하는 '녀석'을 데리고 나가 비 오는 거리에서 '차박'을 시도한다. "비가 내리지만, 여기는 괜찮아. 다 괜찮아."라는 말은 '나'의 '녀석'에 대한 무한한 사랑의 표현이지만, 바꾸어 말하면 '녀석'이 '나'의 절대적 사랑을 신뢰하게 하는 대목일 수 있다. '나'의 사랑이 어머니나 동생, 또는 남편이나 딸을 향한 것으로 드러나지 않고 반려견을 향하는 것으로 드러난다는 것은 매우 의미심장하다. '나'는 "당장 갖다 버려."라는 남편의 요구를 거절하고 '녀석'과 일치된 감정으로 끝까지 함께한다.

「어둠 그 너머」의 '나'는 공무원 시험 준비를 하고 있는 남자친구가 있지만 결혼을 미루고 있다. 한때 솜씨 좋은 벽돌공이었던 아버지는 아파트 경비원 일을 하면서 야간 근무로 수시로 밤을 새고 귀가한다. 등산을 즐기는 엄마는 다른 남자와의 밀회를 즐긴다. 동생 민규는 군 제대 후 아르바이트를 몇 개씩 해서 모은 돈을 오토바이 사고를 내서 합의금으로 써버리고는 아버지한테 다시 못 볼 듯 야단을 맞았다. 아버지가 없는 날 민규는 집에 와서 '나'와 술을 마신다. 부부도 각각, 부자도 각각이다. 너절하게 이어지는 연애 관계도 미래를 담보하지 못한 채 그들은 그저 '혈육'의 관습으로 연대한다.

> 이 순간, 놓치고 싶지 않았다. 누군가의 몸과 섞여 들어 더 이상 내가 느껴지지 않는 절정의 평화. 세상에 존재하는 모든 것이 용해되고 뒤섞여 바닥으로 가라앉는 부드러운 안온함. 온전히 여자가 되는 나른한 신비의 순간. 생에서 이런 순간만 이어진다면. 기수가 옷자락을 헤치고 내 가슴을 한 입 베어 물었을 때 문득 눈을 떴다. …(중략)… 하늘에는 희미한 별빛만 있고, 앞에는 지독한 어둠이 놓여 있었다. 나는 비로소 알 것 같았다. 이 길 끝에 역시 아무것도 없다는 것을. 이따위 고물 오토바이로 아무리 달려봤자 결코 바다에 도달하지 못할 것을. 나는 아무것도 만나지 못한 채 얼음덩어리가 되어 산산이 부서질지 모른다고. 하지만 멈추고 싶지 않았다. 누군가의 몸을 안고 달리는 동안은, 그게 누구든, 길이 뻗어 있는 한 달리고 싶었다.

동생 민규의 친구인 기수는 월급을 제대로 안 주는 회사를 박차고 나왔다. '나' 또래의 여자친구는 백수가 된 기수를 외면하고 있다. 술에 취한 '나'와 기수는 서로 탐하는 사이가 되어 길을 나서게 된다. 그 길은 물론 "바다에 도달하지 못할" 길이다. 대신, 익숙한 관습으로만 유지하던 관계가 계산을 넘고 도덕을 넘는 일탈로 깨어지면서 새로운 길이 열린 셈이다. 그 현실적 위험은 높아졌지만 이는 출구 없이 막힌 삶이 보여주는 문제의식이자 앞으로 닥칠 위험을 돌파할 의지를 보여준 예라 할 수 있다.

배명희의 소설들은 현실에서 자본을 창출하거나 그것을 분배받거나 할 위치에서 밀려난 인물을 다루고 있다. 그 인물이 처한 출구 없는 삶은 오늘날 우리 사회가 처한 현실을 되새김질할 수 있는 구체적 실증이 된다. 그 인물은 그런데, '재건축'으로 상징되는 헛된 미래를 향하는 길을 애써 차단하고, 출구 없는 삶 안에 남아 끝까지 몸부림침으로써 얻어낸 틈을 비집어 새로운 출구를 향한 미미한 빛줄기를 찾아낸다. 바닥으로 처진 삶은 이렇게라도 생기를 얻어야 하는 것, 배명희의 2020년대식 리얼리즘 소설의 진정한 가치도 이런 데 있다.

朴德奎 | 소설가, 문학평론가